加減などまったくされず、強く乳首を吸い上げられる。

（本文より抜粋）

DARIA BUNKO

熱砂の王子と偽りの花嫁

淡路 水

ILLUSTRATION 北沢きょう

ILLUSTRATION
北沢きょう

CONTENTS

この作品はフィクションです。

実在の人物・団体・事件などに一切関係ありません。

熱砂の王子と偽りの花嫁

1

「……あと十時間か。さて……どうしようかな」

日生庸《ひなせよう》はイスタンブール市内にあるホテルのラウンジで遅めの昼食をとっていた。アタテュルク空港にはほんの数時間前に着いたところだけれど、十時間後にはまた発たなくてはならない。イスタンブールには飛行機のトランジットで立ち寄っただけなのだが、十時間もの間おとなしく空港にいるというのは息が詰まってしまうということで、入国して市内へとやってきたのだ。

「乗り換えに半日かかるってどんだけ便少ないんだよ」

目指す場所にたどり着くには、ここアタテュルク空港で乗り換えるしかないのだが、いかんせん乗り継ぎ便に乏しい。中途半端な時間を庸は持て余していた。

今朝までさんざん機内食を食べていたので、腹は減っていない。とはいえ、ホテルのラウンジなら長居してもそうそう追い出されないだろうと思ったのだが、さすがに十時間をここで過ごすつもりもないし、たったひとりでぽつんといるのも飽きてくる。

「観光って言ってもねえ……」

正直なところイスタンブールは何度か訪れているから、たかが半日足らずの時間潰しができるような有名な観光地はあらかた回りきっていた。

ブルーモスクも地下宮殿もすてきだし魅力的だが、今日はあまり気乗りがしない。

「これで誰かいい男が案内してくれる、っていうなら話は別だけど」

庸はひとつ溜息をつく。

いつもの庸ならばホテルのラウンジに引っ込んでなんかいないはずだ。あちこち飛び回って楽しいことを探していただろう。けれど、今はとてもそんな気分にはなれなかった。

というのもこれから向かう先は、ろくな観光地もなく、日本人はほとんど訪れないような国だからだ。

庸が十時間後のフライトで向かうのは砂漠の小国、アハダルという国だった。アハダルは原油も希少金属も産出している裕福な国だが、それだけにアハダルでビジネスをしようとすれば、他国との競争が激しくなる。ヨーロッパとは地続きとあって、EU諸国との交流は盛んだがそのため日本の出る幕などないに等しかった。

さらに観光に力を入れている国でもないから、赴《おもむ》く人間はめったにいない。おそらくアハダルという名前を聞いても知っている人間はそう多くないだろう。

仕事とはいえ、これまで一切といっていいくらい関係のなかった国へなぜ行くのか、というと、要するに左遷である。

といっても、庸がけっして仕事ができないというわけではない。むしろやり手で、同期では一番の出世頭と言われていたほどだ。二十八歳という若さで大きな仕事をいくつも手がけてきた経験もある。

なのにどうして、というと、それは生来の男好きによるものだった。

とにかく、気持ちいいことが大好きで、セックスが好き。いい男が好きなので、自然と選ぶ男は顔のランクも地位も高い男となる。

幸い、自分の容姿には自信があった。身長こそ標準よりやや高めといった程度だが、最大の武器はこの顔だ。学生時代から評判だった端整な美貌へ、男女問わず声をかけてくる。

ただ庸は男性しか愛せないため、ベッドの相手は男性のみだったが。

庸は自分よりも身も心も大きな男に抱かれるのが好きだ。地位も金もあり、およそ手に入らないものはないだろうという男が自分の体に溺《おぼ》れているのを見るのがこの上なく楽しい。

そのためにはなんでもしてきた。

なにしろランクが高い男とつき合うためには、それなりに自分も磨いておかなければならない。相手に釣り合うように日々の努力は重ねている。ベッドでの会話で、相手に幻滅されてしまってはお終《しま》いだから。

語学も仕事もすべてにおいて、いい男を捕まえるためにはステップアップしていかなければならなかった。努力するのは大変だが、やればやるだけ結果は出る。

そうなると自然に仕事も面白いようにうまくいき、この年で巨大プロジェクトの中心メンバーとして抜擢《ばってき》されるほどだった。

だが、調子に乗りすぎたせいか、運が悪かったのか、最上と思っていたセフレ——会社の重要取引先の重役との関係が彼の奥方の知るところとなった。おまけに彼は婿養子であったため奥方に頭があがらないときた。

当然矛先は庸へと向かい、会社の知るところとなり、それゆえ左遷の憂き目にあったというわけである。

割りきったつき合いができ、セックスの相性もよく、しかも金もあり見た目も極上でセフレとしては最高だと思っていたのに。

「つか、あれはないわ」

紳士だと思っていた男が、奥方の前では庸を悪者に仕立て上げて保身に回るという本当の姿を見て、幻滅したのは庸のほうだ。修羅場になって、庸を罵倒しながら奥方にぺこぺこと頭を下げる男に未練はない。

「あー、もうやめやめ。もう終わった話だって」

ぶつくさ文句を言いながら、たいして飲みたくもないコーヒーを一口啜《すす》る。

「まあ、こっちも少しはいい思いさせてもらったからいいけどね」

妻がいる男を相手にした時点で、こういうリスクを覚悟していなかったわけじゃない。けれど、さすがに今回は堪《こた》えた。危険な遊びの代償はかなり大きい。

おかげでプロジェクトのメンバーからは外され、さらにアハダルなどという誰も知らないような国へ行くはめになってしまったのだから。

プロジェクトのメンバーから外されただけならまだいい。その上、絶対に取れない仕事を取ってこいと無茶振りをされて、こんなところに追いやられたのだ。あろうことか原油のプラント建設を受注するまで戻ってくるなと言われてしまった。

アハダルでのプラント建設など、ほぼEU諸国がシェアを独占していて日本の入り込む余地などまったくない。そこに入り込めというのだ。

会社を辞めてもよかったが、それではなんだか負けた気がする。

妙な負けず嫌いの気質が働いてしまったのがよかったのかどうなのか。会社のお荷物扱いされてこのまま引き下がってはいられない。

「見てろよ。絶対本社に戻ってやる」

絶対本社に戻る、と口にはしたが、幸先はいいとはいえない。

なにしろアハダルでは庸に拠点らしい拠点はないからだ。

現地連絡事務所、と名称だけはそれなりなものの、実質の事務所はというとレンタルオフィスに毛の生えた程度のものと考えていい。そこには数名の現地社員、そして通訳の人間がいるだけのようだ。

「机があるだけいいか」

それでも辞めさせられなかっただけましかもしれない。

ほとぼりが冷めるまで帰ってくるな、なのか、それともこの転勤で庸が自ら辞職することを狙ったものなのか会社の思惑はわからないが、庸としてはたかがこのくらいのことでへこたれるような繊細な神経は持ち合わせていない。

「成果上げて帰ってやるよ。見てな」

社の上層部を唸《うな》らせるような結果を持って、これみよがしに本社へ帰ってみせる、と庸は改めて決意を固めた。

ともあれ、まずはアハダル行きの飛行機までの時間をなんとかしなければ。

「まったく……ベッドの上なら半日なんてあっという間だっていうのに」

セックスしたい、とぼそりと呟《つぶや》く。

セフレとの彼の関係が奥方にばれてからというもの、あれこれがバタバタとしていて、とても次の男を捕まえる暇もなかった。当然遊ぶ余裕なんかないわけで、ストレスもマックスだ。

男のことを忘れるには男しかない。

ここに極上の男がいて、ひとときの間でいいから嫌なことを忘れるくらい、情熱的に抱いてくれやしないだろうか、と半ばやけくそ気味にあたりを見回した。

そこでとある一点を見据えて、視線を留める。

「うっわ……いたよ」

　極上の男が、いた。

　庸のテーブルからひとつ置いて向こうのテーブルに、ゆったりと座って優雅な仕草でコーヒーを飲んでいる男がいた。

　ひどく目を惹《ひ》く男だ。浅黒い肌に精悍な顔立ち、まるでどこかのファッションモデルか、あるいは有名な俳優か。そんなふうに思うほど、じっと見入ってしまう。

　見目のよさに加え、佇《たたず》まいからも気品が感じられる。着ているものもかなりのものだと思う。シャツだって一見ごくシンプルなものに見えるがセンスがよく、しかも品がいい。正直に言えばそのへんの男が着たところであのシャツのよさなどまるでわからないだろう。けれどそれをシャツを引き立てるようにさらりと着こなせるなんて。ああいう服を自然に着ることができるのは本人自身が相当の人物だということだ。

　あんな男とベッドを共にできたら、と庸は目を細める。

　魅力的な鳶《とび》色《いろ》の瞳に見つめられて、あの形のよい唇でキスをされたら……。

　そんなふうに熱っぽい庸の視線に気づいたのか、はたまた偶然なのか、男は庸のほうへ顔を振り向けた。

　庸は彼へとびきり蠱惑的《こわくてき》に微笑んでみせる。すると彼もまんざらでもないらしく、庸へ興味を持ったように表情をやわらげる。

さらに庸は思わせぶりな目で彼を見つめた。

これはイケる、そう思って内心でほくそ笑んだときだ。

ひとりの客が通り過ぎる際に庸のテーブルにぶつかる。テーブルが大きく揺れたために飲みかけのコーヒーが盛大にこぼれ、庸の服を濡らした。

「おい」

庸はその客を引き留めようと声をかけたが、その客は庸の言葉が聞こえていないようでさっさと立ち去ってしまう。結局、着ていたカットソーに染みを作ってしまっただけだ。

ついてない、と眉を顰《ひそ》めた。

こういうときはとことんついていないものだ。例えばシャツのボタンをひとつ掛け違えると、次々ずれが生じてしまう。そんな感じで、ひとつ躓《つまず》くと、あちこちに影響することが多い。

せっかく、すぐそこにいい男がいるってのに。

こんな染みのついた服では、ナンパもできやしない。台なしになった、と気分は激しく沈み込む。

ともあれ、なにか拭くものを持ってきてもらおうと、スタッフを呼ぼうとすると、

「どうぞ」

不意に目の前にハンカチが差し出される。

え、と思いながらハンカチの先を追うと、それは庸がずっと見つめていた男性だった。

「え、あの」

「早く拭くといい。染みがひどくなりますよ」

男は流暢《りゅうちょう》な英語でそう言いながら微笑み、庸の手にハンカチを握らせた。

「ありがとうございます。お借りします」

間近で見る彼は、庸が思っていたよりもずっと美しかった。端整な顔に見とれてしまい、ハンカチで服を拭《ぬぐ》うことを一瞬忘れてしまう。

すると彼は「どうしたの」と庸の耳許《みみもと》まで顔を近づける。

「ああ、もうこれは洗わないと染みが落ちないかもしれないね。私は上に部屋を取っているんだが、よかったらそこできみの服を洗うといい。どうかな?」

彼は庸の耳に吐息を吹きかけながら、握っているハンカチごと手を握りしめる。彼の指が庸の指を愛撫するようにゆっくりと撫《な》でられた。

これは――。

思ってもみなかった展開に、驚いたのは庸のほうだ。

棚からぼた餅なのか? 降って湧いた幸運に叫び出したくなる。

だが、ここでがっついてはいけない。

庸は浮き足立つ気持ちをなんとか堪え、上目遣いで彼をじっと見つめた。

彼の目に見え隠れしている色めいたものを感じ取りながら、内心で舌なめずりをする。

「洗って濡れた服が乾くまでいていいの？　あいにく俺は今日、空港に荷物を全部置いているから着替えがないんだけど」

「何時間でもいていい。きみの予定が合えばね」

「では、お言葉に甘えて」

男に視線と、そして庸も彼に応えるように視線と指を絡めながら、これからの半日に向けて頭の中で目まぐるしく算段をはじめた。


ラウンジから男の部屋へと誘われ、描いた予想図どおり、庸は彼に抱かれている。

男はアズィーズという名で、イスタンブールへはバカンスで訪れているという。

部屋はこのホテルの中でも一番のインペリアルスイートで、庸は自分の見立てはやはり当たっていた、と彼が極上の男だったことに満足した。

彼にとっても、トランジットですぐにここから発ってしまう庸は好ましい遊び相手だったらしい。彼もそろそろ観光に飽きてきたところだったようだ。

お互いひとときのアバンチュールを楽しむには都合がよく、その分、熱烈に愛し合った。

「あ……んっ、あ……あぁ……っ、い、イイッ……」

庸はアズィーズの逞《たくま》しいものを深々と自分の中に収め、ひっきりなしに嬌声《きょうせい》を上げていた。

横抱きにされて、片脚を担ぎ上げられた淫らな格好で奥まで貫かれている。

時間をたっぷりとかけて愛撫された乳首は真っ赤に腫れ上がり、まだ足りないとばかりにいやらしく膨らんで、さらなる愛撫を待っていた。

奥を抉《えぐ》られるだけでは足りなくて、自ら指で乳首を弄《いじ》ってしまう。

「おまえは乳首が好きなのか」

ずん、と奥を強く突かれながら聞かれた。

「好き……っ、乳首……す……アアッ！　そこ、そこも……好き、好き……ッ」

あられもない言葉を吐き、淫らに体をうねらせる。

アズィーズに体をめちゃくちゃにされて悦びながらも、自らも負けじと男を愉悦へと誘う。

セックスはフィフティ・フィフティだ。どちらが与えるとか与えられるとかではない。

それに与えられるだけのものなんて、まっぴらごめんだ、と庸は思っている。

男同士のセックスだ。対等に互いを高め合って、快感を分かち合いたい。

だから――おまえももっと俺の体に溺れろ、とばかりに庸は、太く硬い男の滾《たぎ》ったものを己の肉襞で包んで締め上げた。

「ん……っ」

堪らず、といったように男の喘《あえ》ぐ声が漏れるのが聞こえる。

彼に限らずこんなふうに上がる男の声を聞くのが庸はとても好きだ。このときだけは、自分が男を支配しているような感覚になるから。

案の定、アズィーズは次第に動きを速めていった。

「あ、あ、いぃ……もっ……とぉ……」

アズィーズの動きに合わせ、庸も自ら腰を振る。いよいよ、男は物足りなくなってきたのか、庸を仰向けにさせて上から串刺しにするようにひときわ強く、奥へ自らを突き刺した。

「ひ……っ、あ、アァッ！」

はじめは冷静に庸を翻弄《ほんろう》していたアズィーズが、今は眉根を寄せて、貪《むさぼ》るように庸の尻に腰を打ちつけていた。我を忘れるかのように激しい腰使いに、庸も快感を高めていく。

唇を重ね、舌を搦《から》めながら、最後の高みへと上り詰める。

「――ッ」

やがて、奥で男のものが弾け、庸の中に精液をたっぷりとぶちまけた。

「あ……ぁ……」

この瞬間が庸はたまらなく好きだ。男を自分のものにしたという征服感と、自分がメスにされたという感覚とがない交ぜになって、陶然となる。

そして敏感な粘膜にぶちまけられた熱い飛沫に全身を痙攣《けいれん》させて、庸も己の精を吐き出した。

だが、そこで終わりではなかった。

互いの射精が済んでも、男は庸の中から出ていこうとはしない。

熱烈にキスを交わしながら、彼はゆるゆると腰を揺らしている。

「ふふ……あなたの、まだ元気なんだ。すご……ぁ、んっ」

庸の中の男は一度射精したとは思えないほど、まだ硬さを残していた。それが証拠に、濡れた内壁を萎《な》えもしない剛直がごりごりと擦《こす》り上げる。

一度達して敏感になっているところを責められて、庸も甘い吐息を漏らしながら、ガクガクと体を痙攣させるように揺らす。ゆるく抜き差しされると、中に放たれた精液のせいで、ぐちゅぐちゅと卑猥《ひわい》な音が大きく鳴った。

「おまえもまだ足りないだろう？　そんなふうに物欲しそうな顔をして」

アズィーズに舌を差し出されて、庸はその舌に吸いつく。

「もっと……くれるの？」

庸の手が男の胸板を滑り落ち、彼と自分が繋がっているところまでたどり着いた。彼のペニスのつけ根を指でなぞり「ちょうだい」とねだる。

「淫乱め」

「ビッチは嫌い？」

すると彼は「いや」と、にやりと笑う。

「嫌いじゃないさ……それにおまえは今まで抱いた誰よりも魅力的だ」

「それは光栄」

「おまえのここは熱くて蕩《とろ》けそうになる……最高だよ」

そう言って、やにわに庸の膝を割り開くなり、さらに奥へねじ込んだ。それだけでなく、これまでよりもっと激しく突き上げてくる。

「ん、ぁっ……！　あっ、あっ、ああっ！」

もとより敏感になっている箇所だ。矢も盾もたまらず庸はシーツを掻きむしった。

こんなセックスははじめてだった。

自分の体だというのに、なすすべなく快楽の坩堝《るつぼ》に落とし込まれる。

「あんっ、あ、ああんっ……溶ける……溶けちゃう……」

ぐちゃぐちゃ、と奥を捏《こ》ね回されて、腰が砕けるほどの快感が庸を襲った。

中を開かされ、男を突き入れられ、快楽になにもかもを支配される。今までの不運がどうでもよくなるほどの快感が、脳天から足の先まで駆け抜けていく。

だからセックスは好きだ。

ひとりではここまでの快感は得られない。相手の体温と確かな感触。与え、与えられる快感に陶然となる。

そしてすべてを忘れてただひたすら男の熱を追いかけることに没頭した。

中を穿《うが》つ楔《くさび》の質量と熱さを感じながら、庸は束の間の美しい男との甘く淫らな情事に溺れるだけだった。

2

アハダルという国に来てみて思ったのは、ここがとても美しい国であるということだった。観光地がない、ということでろくな景色もないのだろうと高をくくっていたのだが、自分の認識を改めさせるほど、これまで見てきた美しいと言われる国々にけっして劣らない。

広大なオアシスにある首都のジャウハラはアラビア語で宝玉という意味である。その名のとおり、美しい宮殿を中心とした都市景観は目を瞠《みは》るものであった。

道路は整備されており、かといって、むやみやたらに高層ビルが建ち並ぶような街というわけではない。伝統的な建築物を数多く残しながらも新旧をうまく取り入れている、実に魅力的な街なのだ。

そして新市街と呼ばれる比較的近代ビルが多い地域に、庸のオフィスはあった。

「えっ⁉　いや、待ってください。先日のお話では確実に繋ぎが取れるとおっしゃっていたじゃないですか！　それでは話がちが――」

必死で食い下がったものの一方的に電話を切られて、庸は「くそっ」と吐き捨てた。

思わず電話の相手を口汚く罵《ののし》ってしまいそうだったが、なんとか堪える。

ここへ来てからずっとこんな調子だった。

庸がアハダルに赴任してからほぼひと月。

一筋縄ではいかないと心づもりはしていたが、その覚悟さえ甘かったのだと思い知らされている。なにしろツテもなにもない、まっさらな中からのスタートだ。

アハダルは王族がすべてを取り仕切っていて、なにをするにせよ、まずは王族への顔繋ぎが最優先となる。特に新しい事業をはじめる場合はなおさらだ。

だが王族に連なる者へなにかしらの接触を試みようとしてみたが、まるで敵《かな》わない。

はあ、と庸は溜息をつく。

「あー、もう」

庸は頭を抱え、机の上に突っ伏した。にっちもさっちもいかないとはまさにこのことである。

それでも先日、王族に縁があるという人物と繋がりを得たので、それを頼りにアポイントメントを取るべくその人物を懐柔《かいじゅう》したのだったが、結局今の電話のような有様だ。

焦っても仕方がないとはわかっている。

こういうことは今までもよくあったことだ。しかし、どうしても気が急《せ》いてしまう。

庸は気持ちを落ち着けるように、窓際まで歩いていき、外の景色へ目をやった。

目の前の大きな通りは宮殿へと一直線に繋がっている。そう遠くない距離だというのに、その宮殿の中へ入ることができるのはいったいいつになるだろう。

ここに来るまでは、多少は苦労するだろうがアポイントメントなんかすぐに取れるものだと思っていた。今までがそうだったからだ。自慢ではないが、庸の会社は世界でも名だたる商社である。だから、話は進まなくとも、会うだけは会えると楽観的になっていたのだ。

まさかこんなところで難航するとは。

やはり会社を辞めて、他の会社へ移るべきだったのだろうか。

意地を張った結果がこれとは。

——これで別れちゃうのが残念。いっそあなたについていきたいくらい。

あのイスタンブールで出会った彼——アズィーズへ別れ際にそう言うと、彼も「私の愛人にでもなるか？」と聞き返された。

——ううん。あなたの愛人ならすごく魅力的だと思うけれど、籠の鳥は嫌だから。

咄嗟《とっさ》にそう返事をしたものの、今となっては早まったかもしれない。

あのときイエスと答えていたら……そう思わないではないが、庸は庇護されるだけの生活はまっぴらである。セックスは好きだけれど、それとこれとは別だ。

ひとりの男に縛られるのはごめんだし、それに自分の生活を干渉されるのも。

仕事だって辞めたいわけじゃない。むしろもっと自分の能力を発揮したいくらいなのだ。

庸は自分の仕事に誇りを持っている。会社が結局すぐに解雇しなかったのも、庸が有能だったからだと自負している。

とはいえ、このアハダルで飼い殺しにされるのは勘弁だった。

(愛人か。それもよかったかも。……あー、もったいないことしたかなあ)

らしくなく弱気なことを考えたが、それもこれもひと月前のことだというのに、アズィーズとのセックスが忘れられないからだ。

熱く激しく庸を求め、そして庸も彼を求めた。彼とのセックスはこれまでしてきたセックスの何十倍も、いや、何百倍もよかった。

「あ……やば……」

あの日のことを思い出すと、体が疼《うず》きだす。まだ彼のものが中に入っているような感覚に陥《おちい》って——庸は思わず甘い吐息を漏らしてしまう。

そしてあんな男に出会うことはないのだと思うと、その甘い吐息は深い溜息に変わっていった。

「日生さん」

ぼんやりとしていると、現地スタッフで庸のサポートをしてくれている男が声をかけてきた。

「今晩のことですが、大丈夫ですか?」

「え? あ、ああ。もちろん」

なんでも庸の歓迎会を開いてくれるらしく、少し前に誘われていた。

「よかった。楽しみにしていますね」

　彼は庸よりも少し年上の男で、英語も堪能な男だ。アラビア語の通訳はいるが日本語がそう上手《うま》くはないので、込み入った話をするときは結局英語になることが多い。庸のアラビア語もほとんど役に立たないからだ。だから彼のように英語が堪能な男がいて助かっていると庸は安心していた。

「こちらこそ、わざわざありがとうございます。ぜひ」

　今日のようにうまくいかない日はとにかく酒を飲み、旨いものを食べてうさを晴らしたい。渡りに船とばかりに庸は一も二もなく頷いた。

「よかった。では後ほどご案内しますね」

「よろしくお願いします」

　気落ちしながらも、今夜は楽しい酒になればいいと、とにかく仕事を終わらせることにした。


　事務所の人間に案内されたのは、意外にも日本料理店であった。いかにも日本風の設えで、料亭といってもいいほど立派な店である。

　てっきりアハダルの料理でも食べさせてくれるのかと思っていたのだが、和食とは。

「こちらの料理はこれから嫌というほど食べなくちゃいけませんからね、こういう店もアハダルにはあると知って欲しかったのですよ。ここは日本で修業したシェフがいて、本格的な和食がいただけるんです」

「へえ……」

「日本ではアハダルという国はまだまだ認知度が低いですから、びっくりされたでしょう?」

にこやかにそう言いながら、店の門をくぐる。

彼らの言うとおり、確かにとても驚いた。けれど、こういう気遣いをしてくれたのだと思うとそれはうれしい驚きでもあった。

この国はムスリムだけでなく、他宗教の者もかなり多いため、飲酒についてはかなり寛容らしい。飲酒に寛容という国ではトルコなんかが有名だが、きっと同じような感じなのだろう。酒だけでなく他の戒律についても他国に比べると極めて大らかだということだった。

「そうなんですか」

「ええ。ですからここは近隣の国からの亡命者も多いんですよ。比較的リベラルな国ですから。特に最近は同性愛の方々がね。……それで死刑になる国もありますから」

庸がこの国に来るにあたって危惧《きぐ》していたことのひとつはそれだった。

なにしろ同性愛が禁止の宗教のお国柄だと、同性愛者である自分はそれをひた隠しにして暮らしていかなければならないから。

「暮らしやすいって聞きましたけれど、そういうことも含めてなんでしょうね」

「かもしれませんね。――ま、そういう堅苦しいことは今日はやめておきましょう」

酒宴は実に楽しいもので、庸もリラックスして美味しい酒に舌鼓を打つ。

皆、庸に好意的な印象を持っていると言い、お世辞でもそれはうれしく、雰囲気はとても和やかだった。

客席は日本風に半個室とでもいうのか、障子のような仕切りがあって、隣のテーブルとも距離がありプライベートな話もさほど気にせずできる。

「詳しくは聞いていませんでしたが、そういえば日生さんはなぜアハダルへ？　なんでも新規事業のために気鋭の若手をということしか。日生さんは確かに仕事がおできになるようですが、今までこちらの事務所は見向きもされなかったので……。とても日生さんのような方がいらっしゃるようにも思えなくて。言い方は悪いですが、左遷も左遷の終着地みたいな事務所ですからね。飼い殺しにされてもおかしくない、そんなところですよ、ここは。とても日本の企業が入り込める余地はない。新たな事業と言っても、足がかりを作ることすら難しい国ですし」

スタッフのひとりが難しい顔をした。

彼にしてみればまだ若い庸がこの国へやってきたのはかなり意外なことだったのだろう。

いわゆる国外の窓際族という扱いでここへ飛ばされることが多いのは、庸もよく知っていた。

聞かれて庸は返答に詰まる。

まさか男遊びが過ぎて飛ばされただなんて、とても言えることではない。

「あー……あはは。実は仕事で取り返しのつかない大きなミスをして。というか、相手のほうがやらかしたんですけれどね。その責任を取らされて」

嘘ではない。あれは大失態だった。口にしたとおり、取り返しがつかないどころの騒ぎではない。しかも庸にも責任はあるが、ほとんど庸はとばっちりを食ったようなものだ。

それを聞いて皆、ああ、と納得したように声を出した。

「でも、考えようによってはここで難攻不落とまで言われた仕事を取れたら、大手を振って帰れるじゃないですか」

左遷されても庸はちっとも消沈はしていなかった。困難なことがあればあるほど攻略するのが楽しくなる。仕事だって男だって、今までそうやって上へ上へと目指して自分のものにしてきた。仕事も恋愛も楽しいゲームのようなもの。そう考えると案外ここに来たのも悪くはないような気がしている。

すっかり盛り上がった頃だ。

「あっ！」

隣に座っていたスタッフのひとりが、うっかりグラスに入っていたジュースをこぼしてしまい、庸のスラックスをびしょ濡れにしてしまう。まだグラスになみなみと入っていた、トロピカルフルーツのジュースだっただけに、ベタベタするし、びしょ濡れにはなるしで、ひどい状態だ。

　こぼした当のスタッフはしきりに謝っている。

「気にしないで。洗えばいいことですから」

　気にしないで、とは言ったものの、かなり濡れていて、しかもジュースの匂いも気になるし、なによりベタベタなのが気持ち悪い。

　洗えばなんとかなるか。

「ちょっと洗面所に行って洗ってきます」

　庸はそう言って席を立ち、洗面所でジュースの染みを落とした。

　席へ戻るとき、やたらと立派な中庭があることにいまさら気づく。

　まったくこの店はどこからどこまで日本風だ、と庸はその設えに感心してしまう。灯籠《とうろう》やししおどしまである日本庭園を意識したもので、ここだけ見るととても外国に来たとは思えない。

「まあ、悪くはないけどな。ここも」

　金がある国、というのはとても穏やかで、街の中でも殺伐とした様子は感じられない。治安もかなりよく、だから観光地としてもよいのではないかと素人目には思えてしまう。もう少し認知度が上がれば人気の観光地になるような気がする。

　とはいえ、もともと外貨には困らない国だから、観光で金を稼ぐというのは考えたことがないのだろうけれど。

そのときだ。庸ははっとして立ち止まる。

「え……？」

庸のいたところから見える、ししおどしのある小さな小さな人工池のほとりに、とある人物の姿を見つけたのだ。

「え、あれって……？」

思わず息を呑む。

まさかこんな偶然があっていいものだろうか。

そこにいるのはアハダルに来る日、イスタンブールで出会った彼だ。

着ているものこそあのときのようなシャツとパンツといったものではなく、真っ白いカンドゥーラと呼ばれる長衣をまとい、豪奢《ごうしゃ》な上着を身に着け、さらにクーフィーヤを頭にかぶっていたが。

着ているものは異なるものの、あの逞しい体躯《たいく》と美しい容貌を見間違うはずがない。

「あ……アズィーズ……？」

庸は思わず声をかけた。あのとき教えてもらった名前は彼の本名ではないのだろうけれど、しかし呼ばずにはいられない。もう一度会えたら、とずっと思っていた。

その夢が叶おうとしている。あのひとときは夢だと言い聞かせていたが、再び彼の姿を見てこれは現実だと心が震えた。

だが、彼には庸の声などまるで聞こえていないらしい。

すたすたとそのまま先を歩きはじめてしまった。

「うそ、ちょ……っ、待って……っ！」

自分の歓迎会が行われているというのに、庸はそんなことはすっかり頭から抜け落ちて、迷いもせずに男を追った。そしてちょうど彼が佇んでいた池にさしかかったときだ。

「――ッ！」

背後から腕を取られ、羽交《はが》い締《じ》めにされる。さらに背中に硬い物をあてがわれた。

銃か……？

「おとなしくしろ」

くぐもった低い男の声がし、庸はごくりと息を呑んだ。

（ちょ、ちょっと待てって。……なにこれ⁉）

強盗かなにかだろうか。ここはきちんとした店だと思っていたが違うのか。だが抵抗するのは得策ではない。庸は言われるまま口を噤《つぐ》んだ。というより、声すら出せなかった。

「両手を挙げろ」

ぐいぐいと背中を押され、言うなりにする。すると目隠しをされてしまった。

さらに小突かれ「そのままゆっくりと歩け」と指示をされる。

なにしろ背中には銃のようなものを当てられている。もうどうにでもなれという諦めの気持ちで男の指示に従った。

どれくらい歩いただろうか。わけもわからず、どこを歩いているのかすらまるでわからないまま歩き続けているうち男にいきなりドンと大きく背中を押された。体が傾《かし》いでふらついてしまう。

転ぶかと思い、挙げていた手を前に伸ばすと、なにかやわらかいものに手が当たった。

「乗れ」

手をついたのは、どうやら車のシートのようだ。

手探りでなんとか車に乗り込むと、庸の両隣にも誰かが乗り込む。そうしてバタンとドアを閉める音が聞こえた。

目隠しというのがこんなに不安になるとは思わなかった。視覚からの情報に人間はかなりのことを頼っているらしい。それに今でこそ銃は突きつけられてはいないが、両隣にいる人間にいつ殺されてもおかしくない。

(なんだよ、もう……)

落ちるところまで落ちたと思っていたのに、さらにどん底が待っていたなんて洒落にもなんにもならない。

これで身ぐるみ剥がされて殺されたなどということになったら、どうしよう。

しかし、と庸は思った。

今乗っている車は、乗り心地からかなりの高級車のような気がする。シートは革張りだし、それにふかふかで座席にゆとりもある。エンジン音も静かで揺れもかなり少ないのだ。

（それにこの香り）

この香りは嗅いだことがある。確か高級フレグランスのブランドがいつだったか限定発売で出したルームフレグランスの香りではなかっただろうか。

庸も実物は持っていないが、つき合っていた男との逢瀬に使っていたホテルのスイートでこの香りを嗅いだことがある。

だとすると庸を連れ去ろうとしているのは、相当の金持ちのようだ。

（え……じゃあ）

アンダーグラウンドで密かに開かれている、人身売買オークションにでもかけられてどこかへ売り飛ばされ、性奴隷としてぶくぶくに太ったただらしない体つきの金持ちに飼われてしまうのかもしれない——と、非現実的なことを考えてしまうくらいにはこの状況はとても信じがたいものだった。

（やだなあ。飼われるなら、せめてかっこいい人のほうがいいけど）

これからどうなるんだろう、と溜息をつくこともできず、庸はただじっとするしかできなかった。

「降りろ」

車に乗ってから、二十分か三十分くらいだろうか。

ようやく目的地に着いたらしく、車のドアが開いた。庸は隣に座っていた男にそう言われ、おとなしく車から降りる。

両腕をそれぞれ別々の人間に掴《つか》まれて歩かされる。建物に入ったのはわかるが、それがどこかは当然わからなかった。

階段を降り、さらにしばらく歩かされて、ドアの開閉する音が聞こえた。地下室だろうか。ひんやりした空気が肌に触れる。

庸はその部屋に押し込められ、椅子に座らされた。

そしてすぐさま椅子に縄で縛りつけられ、さらに両腕と両脚を拘束される。

（いよいよオークションかな……）

ここで裸にひん剥《む》かれて、檻かなんかに入れられるか鎖で繋がれてステージの上に立たされるのかもしれない。

連れて来られる際、特に乱暴はされていないから、肌はきれいなままだ。自分の顔にもそこそこの自信はあるから、できたらイケメンに売られたい、と庸は心の中で合掌した。

それにしても部屋の中は静かなものだ。

虜をこの部屋に連れてきた者はどこかへ行ってしまったのか、部屋の中には人っ子ひとりいないようである。しんと静まりかえった部屋でひとり、目隠しをされてただ座っているというのは相当な苦痛を伴った。

(う〜〜、どうでもいいけどずっとここに閉じ込められてるってのも)

そろそろこの無理な姿勢で、足も腰も腕も痛くなってきた。

(俺がなにしたっていうんだよ)

先ほどまでは恐怖が先に立っていて不満も覚えなかったのだが、今は違う。

なにもすることがないため、考えることしかできなかった。そのせいで、考えれば考えるほどこの理不尽な状況にふつふつと怒りが湧いてくる。

「おい！　誰かいないのか！　こんなところに閉じ込めやがって！」

怒りが募ってとうとう大声を出した。

しかし誰も来る気配はなく、この際鬱憤《うっぷん》晴らしとばかりに虜は大声で叫び続ける。いいかげん声が嗄《か》れるかと思った頃だ。

「なにをキャンキャン吠えている」

ドアを開ける音と共に、聞いたことのある声が聞こえた。

それだけでなく、同時に複数の人間のものと思われる足音も。

「俺をどうしようっていうんだ！」

庸が叫ぶと、ぐい、と顎を掴まれた。

掴んだのは男の手だということはわかる。顎を掴んでいる指の跡がつくかと思うような力の強さ。

「おまえが知っていることを話せば返してやらないでもない」

低く威圧するような声が耳に響く。

声音は前とまったく違うが、これは——。

「あなた、アズィーズでしょ？　なんでこんなことすんだよ！」

庸は正面にいるだろう、声の主に向かってそう叫んだ。

「取れよ！　この目隠し！」

すると、呆気なく目隠しが外される。

思っていたとおり、目の前にアズィーズがいた。

そして周囲に視線を向けると、アズィーズの他に三名の男たち。いずれもひげ面で強面《こわもて》のいかにもボディーガードというような風体だ。

「あなた……どうして俺を」

非難の目を向けると、彼は庸を睥睨《へいげい》するようにして見、ふん、と鼻を鳴らした。

随分な態度だ。

この前、庸を抱いたときのような紳士的で甘い雰囲気はまるでない。それどころか、冷たく鋭い視線で庸を見る。

こんな態度を取られるようなことを自分はしていないはずだ。

あの日、アタテュルク空港で別れたときだって、惜しむようなキスを庸に贈ったというのに。

そう思うと、なんだかムカムカとしてくる。

アズィーズのこの腹立たしい態度で、さすがの庸もぶち切れた。

「……これ、なんですか」

被っていたネコを捨て去り、この前のおとなしい口調と打って変わってぞんざいになる。

そうして目の前の男を庸はきつく睨みつけた。

「見てのとおりのものだが」

「だから、なんで俺がこんなとこに連れて来られるのか、って聞いてるんですが！」

この異様な状況にも臆さずに、庸はアズィーズから視線を外すことはない。

「ふん、その質問の答えはおまえが一番よく知っているのではないのか？　強引な招き方をしたのは悪かったが、すべて自業自得だと思え」

「はあ？　知るかよ！　いきなり銃みたいなの突きつけられて、目隠しされて。おまけにこんなとこに繋がれて、なんだっていうわけ！　理由くらい言ってからにしろよ！」

これまで取り繕《つくろ》っていたエリート商社マンという外面はすっかり剥がれ落ちる。

「ほお、こんな状況でも強がりが言えるとはな」

半ば感心したように彼は言い、にやりと笑う。

その顔がまたイラッとさせられる。ギリギリと歯噛みしながら庸は怒鳴り声を上げた。

「強がりでもなんでもないし！　あんたにこんなことされる筋合いないだろ？　この前あんただって俺の体に満足しただろうが！」

「体？　……ああ、そうだったな。イスタンブールでのおまえはかなりよかった。確かにそこいらの男娼よりはずっと」

クスクスと笑うアズィーズに、庸は肩すかしを食らった気分になる。しかもなんだかバカにされたような言い方に、イライラが増す。

だが、この彼の受け答えから、イスタンブールのことではないのか、とよけいにわけがわからなくなった。

自分がこんな仕打ちを受ける原因にまったく心当たりもなく、庸は困惑する。

「それにしても、おまえがそんなにじゃじゃ馬だったとはな。あのときのきみは洗練されたスマートな美人だったが。それとも別人格を演じて私を混乱させようとしているのか？　それも作戦のひとつなのかもしれないが」

じろりと威圧感のある目で睨みつけられるが、なんのことだか庸にはさっぱりだ。

「はああ？　作戦？　作戦ってなんのこと！　さっきからなにを言ってるのかまるでわかんな

いし。ホントになんだってんだよ……」

　なぜ自分が拘束されているのか皆目見当もつかない上、理由を聞いてもまともに答えが返ってこず、庸はうんざりとしていた。まったく一体なんだというのだろう。

「さて本題に入ろう。……おまえは誰の差し金でこの国へ来た？」

　アズィーズが庸へ近寄り、その美しい目で射るように庸を見据える。

「差し金……？」

　庸は首を傾《かし》げた。差し金もなにも、会社の人事異動、なのだが。

「そうだ。おまえは誰の命令を受けてここへやってきたと聞いている」

　彼は目を眇《すが》める。

「命令って大げさな。ただの会社の転勤だって。差し金っていうなら、会社？」

　だよな、と自分に言い聞かせるように言うと、アズィーズは目を剥いた。

「そんなとぼけた答えで私をごまかせるとでも思っているのか！」

「とぼけた……って、とぼけるもなにもそうなんだから。俺だって別に来たくて来たわけじゃないんだよ。ったく、踏んだり蹴ったりだっつの」

「しらを切るな。おおかた叔父上あたりの差し金だろうが。おまえはイスタンブールから私を狙って誘ってきたのだろう？」

「誘って……って、心外だな。誘ったのはあなただろ！」

「なにを言っている。おまえが誘ってほしそうな目をしていたから望みを叶えたまでだ」

アズィーズの目はひどく険しいものだった。

なにをどう勘違いしているのか知らないが、どうやら庸は彼の誤解からこんな目に遭っているらしい。

「悪いけど、知らないものは知らない」

溜息交じりにそう告げる。本当になにも知らないのだから、しらを切るもなにもない。

「強情だな」

アズィーズは庸の隣に立つ。そうして唇の端を引き上げて薄い笑みを浮かべて、庸の頬をつう、と指でなぞった。

「な……っ」

アズィーズの指は、頬から首筋に移動していく。

さらに彼の手が襟元にかかった。首にその手があてがわれる。得体の知れない不安に全身に鳥肌がたった。

「いつから私のことを追っていた？」

「追って……？　なんのこと。ああ、さっきの料理店のこと？　俺、トイレに行って戻ってきたときだから——」

「そうではない。おまえはあそこになぜわたしがいると知っていた」

アズィーズの目が険しさを増す。

「そんなこと知らないって。俺だってあなたがあそこにいるからびっくりしたし。まさかイスタンブールで別れた人がこんな国にいるなんて思わなかった」

庸の答えにアズィーズは不満げな様子だった。

思うとおりの答えではなかったらしい。

「……なるほど。おまえはかなり優秀な人間のようだ。ごまかし方が実に自然……とても素人ではないな」

優秀？　素人？　と庸は首を傾げた。

言っていることはまるで理解ができないが、庸の回答はあまり賢明ではなかったらしい。よけいにアズィーズの表情が冷たくなる。

「幸い、私はおまえと寝たことがある。だからおまえの弱いところはすべてわかっているつもりだ。話し合いで埒《らち》が明かないとあれば……体に聞くしかないな」

アズィーズのセリフがいちいち芝居じみている。なんだろう、この言葉の通じなさは。

一応すべて英語でのやりとりだし、英語には庸も自信がある。通じないということはないはずだが、まったくもって話がかみ合わない。と、がっくりと俯くしかない。

「ひとつ選ばせてやろう。痛いのと気持ちがいいのとどちらがいい？」

痛いのと気持ちがいいのでは、気持ちがいいほうがいいに決まっている。

痛いのなんか冗談じゃない。

こんなシチュエーションで痛いことをされるとなると、針で爪の間を刺すとか、鞭で打たれるとか、怖い映画で観たようなことしか思いつかない。そんなのは絶対嫌だ。

「い、痛いのはやだ」

ぶるぶると震えながら答えるとアズィーズは「わかった」と頷く。

庸の答えを聞くなりアズィーズは再び従者へ向かって目で合図をするとなにか持ってこさせる。今度はなにを持ってきたんだよ、と思っていると目がきらりとした光を捉えた。

「ちょ……っ！　おい！　なにするんだよ！　痛いのはやだって言っただろ！」

庸はアズィーズの手に握られたものを目にして、じたばたともがいた。だが、もがいたところで手足を拘束している縄がぎゅうと食い込んでしまう。

「い……っ、つぅ……」

手首の皮膚が縄との摩擦で痛く、庸は思わず顔を顰める。

「暴れるな。おとなしくしていろ。痛くはしない。安心しろ」

「安心できるか！　っていうか、なんだよ、その物騒なもん！」

アズィーズの手にはいつの間にかナイフが握られていた。銀色にぴかぴかと光っているそれはたいそう切れそうである。

ナイフなどと物騒なもの……まったく用意がいいというか。と、そこまで考えて庸は首を振った。

（よくないよくない！　なにすんだよ、あれで！）

あー、もう、と降りかかった己の災難にわけもわからず恐怖するなんてとんでもない、とうんざりするやら、情けないやらで、とにかく庸の頭は混乱しきっていた。

（……っていうか、アズィーズって何者……？）

イスタンブールで出会ったときには、彼が何者かなんてまったく考えもせずにいた。それは当然だろう。数時間だけの情事の相手について詳しく聞くのは野暮《やぼ》というものだ。

だが、今は違う。

庸はできるだけ落ち着いて頭の中を整理しはじめた。

（アズィーズ……アズィーズ……。どっかで聞いた……）

このアハダルの現国王はアル・カーディルという名である。アル・カーディル国王は現在病に臥《ふ》しており、近々の退位を望んでいると聞いた。しかしながらいまだにそれができないでいる。というのも次の国王は第一王子であるムフタール王太子が順当に即位するだろうと言われていたのだが、その王子が六年ほど前に亡くなっていたからだ。

当時ムフタール王太子はまだ二十代で、海外に留学していたのだが、思いがけなく留学先で交通事故に巻き込まれて亡くなったとのことだった。

（あ……！）

ムフタール王太子は亡くなってしまったが、アル・カーディル国王にはもうひとり王子がいた。第一王妃の息子であるムフタール王太子は外交の場にもよく顔を出していたこともあって対外的な露出が多かった。そのため世間ではアハダルの王子イコール、ムフタール王太子という認識だったはずだ。だが、露出はないものの、もうひとりの王子の存在も忘れるべきではなかった。

（第二王子の名前が確か……）

アル・カーディル国王はあまり男子には恵まれなかったが、それでもムフタール王太子の他にも王子がいた。アル・カーディル国王には正式に婚姻関係を結んではいないが寵愛していた第五夫人がおり、その夫人との間にもうひとり王子がもうけられていた。

庸と同い年という王子の記事をどこかで見たことがある。その王子の名前がアズィーズという名ではなかっただろうか。

出自が出自なだけに注目はされていなかったが、彼も立派な王族であることには変わりない。ムフタール王太子が亡くなったとあって、アズィーズ王子が次の国王として即位すると言われているものの、アズィーズ王子が即位することについて異を唱える者もいるらしい。

というのも、アズィーズ王子が本当に国王の子かどうかという疑惑がついて回っているというのだ。件《くだん》の第五夫人がもとはどこかの国の売れない女優で、アル・カーディル国王が遊行中に見初《みそ》めて寵姫にしたという経緯がある。

そういうこともあって、アズィーズの即位についてはいまだ認められておらず、国王はまだ退位できないでいるらしい。

これでも庸はアハダルについてまったく勉強していなかったというわけではなかった。けれども、自分のことで頭がいっぱいになっていて、冷静さを失っていたのは否《いな》めない。普段なら気づく些細なことを見逃していた。

(彼は王子だったのか……?)

威厳があるだけに、自分と同い年には見えなかったけれど、多分……。

「あ、アズィーズ!」

それを確かめようと、庸は彼に声をかけた。

「なんだ?　さっきからじたばたと。怪我をしたくなかったら、おとなしくしていろ」

だが彼はそれを無視し、抑揚のない声でそう言うなりナイフを庸に向けた。

やっぱり痛いことをされるのかもしれない。

「お、おい、なにするんだって……!」

もしかしてあれで体を切り刻むのか、とどこかのスプラッタ映画のようなことを考えて、顔だけは勘弁して欲しいな、と目を瞑《つぶ》る。

(アズィーズが王子って知らなかったし、知らないうちになんかやらかしたか……?　俺……)

イスタンブールの男娼が身分も弁《わきま》えずにあの料理店で声をかけたから、彼は腹を立てたのだろうか。不敬を働いたとして罰せられるのかも、と歯を食いしばって体中に力を入れた。

「く……っ」

切られる、と息を詰めるのと同じくして、布を裂く音がした。

庸のワイシャツの胸元が切り裂かれ、露《あらわ》になった皮膚にひんやりとした空気を感じる。

それ以上なにもしなかったため殺すつもりではなさそうだと、いったんは安堵したが、それでもなぜアズィーズが衣服を、と得体の知れない不安が次にまた訪れる。

おずおずと瞑っていた目を開けると、冷たい視線を向けているアズィーズと目が合う。不安を募らせながらも、目を逸らさずにいると、彼は唇の端を上げた。

「おまえが快楽に弱いというのは、私がよく知っている。これ以上しらを切るというならおまえの体に聞くまでだ。気持ちいいほうがいいというリクエストだったからな。おまえの希望は聞くことにしよう」

「ちょ、ちょっと待ってって！　頼むから！　俺の話を聞くくらいしてもいいだろ？」

「話？」

「あの、あのさ、あなた絶対なんか誤解してるから」

「誤解だと？」

アズィーズが眉を上げる。

「そう。誤解。俺、本当になにも知らないんだ」

「そうやって私をごまかしても無駄だと言っただろう？　まずはおまえに天国の味を教えてやろう」

天国の味って、どこのエロオヤジだよ、というツッコミを入れる間もなく彼は庸の胸元を手のひらで撫でていった。

「おまえは乳首が好きだったな」

彼の手が胸の上で止まる。指で乳輪の際をゆっくりとなぞりだした。やわらかいそこを指先で撫でられると、触られてもいない乳首がなぜかじんじんと疼く。もどかしい刺激に、触って欲しいというように、つん、と乳首が勃《た》ち上がっていた。

「ん……」

アズィーズが尖った乳首を押し潰す。そうして、やわやわと揉まれたかと思うと、きつく捻《ね》じ上げられる。きりきりと捻《ひね》られ、捏ねられ、さらに爪を立てられて堪らずに声を漏らした。

「あ、ん、アァッ……」

「相変わらず感度がいい」

彼の微かに引き上げられた唇が、乳首に押し当てられる。

チュッ、と小さく口づける音が聞こえた後で、彼の舌先が乳首の先っぽをチロチロと掠《かす》める
ように行き来する。もっときつく吸って欲しいのに与えられなくて、庸は僅かにしか動かない

不自由な体を精一杯身じろがせた。

「んんっ……」

焦《じ》れったい舌の動きに加え、彼の手が内腿《うちもも》から脚のつけ根にかけてを撫で擦《さす》る。けれどけっして触れて欲しい肝心なところには与えられなくて、それもまたもどかしい。

スラックス越しに触れられた内腿を震わせながら、思わず腰を揺らした。

こうやって追い詰められると、イスタンブールで抱かれたときの熱を思い出す。あの熱はまだ自分の体内に熾火《おきび》となって残っている。

これ以上触れられたら――。

「……どうだ、話す気になったか」

乳首にきつく爪を立てられる。

「――ッ！」

痛みと同時に体の奥からこみ上げる甘い悦楽。

もっと彼をくれるというなら、なんでも喋ってしまいそうになってしまうほど、彼のセックスは中毒性を帯びている。

だが、だからといって、庸に話せることなどこれっぽっちもないのだ。

「だ……から……、知らな……って……んっ」

すっかり庸の股間が膨らんでスラックスの合わせ目を押し上げていた。

「おや、そこが窮屈そうだ」

アズィーズがもう一度ナイフを手にしていた。

ナイフの向いた先がスラックスであることに気づいて、顔が青ざめる。

「うわ！　ダメだって！　やめろって！　無理！　無理だから！　待って！　頼む！」

庸は必死で懇願する。

あんなの手が滑ったら、股間はどうなってしまうのか。

「なんだ、そんなに頼むならやめてもいいぞ。ただし話すことを話してからだが。さあ、言ってみなさい」

アズィーズが勝ち誇ったように言うが庸は彼の望む答えを口にすることはできない。ナイフを向けられる恐怖と戦いながら必死に抵抗する。

「だから！　知らないものは知らないって！　でも、それ！　それはやだ！　お願いだから！」

「庸、それは自分勝手というものだ。これは取引だ。おまえが知っていることを話さなければやめてやれないぞ」

「早く素直になれ。楽になるぞ」

くそ、と庸は唇を噛《か》む。

「うるさい……っ！　知らないものは知らないって言ってる！　俺はただ不倫がバレてここに飛ばされただけだ！　いいかげん、人の話を聞け！」

「は！　見苦しいぞ。おまえは私をこのアハダルの王子と知っていたから、誑《たぶら》かすためにでも追って来たのだろう？　違うか」

「だから違うって……！　っていうか、あなた本当に王子だったんだ」

「いまさらしらばっくれるな」

「しらばっくれてないって！　ホント、マジでやめて！　やだって！」

「そんなに嫌ならさっさと観念すればいいものを。早く言ってしまえば楽になるぞ」

日本の刑事ドラマでよく見た光景だ。でもここは中東。砂漠の国。

スーツ姿の刑事の代わりに、カンドゥーラを着た王子様に詰問《きつもん》されているというシュールな光景である。

「話もなにもここに来るまで、俺はあなたが王子なんて、気がついてなかった」

王族だということを彼自身の口から聞いて、涙を滲《にじ》ませながら改めて彼の目を見る。

庸が出会ってすぐに目を奪われた彼の力強い瞳。こういった目をどこかで見たことがあると思ったが、それは民衆を率いる指導者らと同じものであった。王子ということは生まれながらにして人の上に立っているということで、やはり出自がはなから違っていたらしい。

「それじゃあなぜ、おまえは私に近づいた。イスタンブールといい、先ほどの料理店といい」

「なぜ……って、んなの俺が聞きたいくらいだ……！　俺の行く先々にあなたがいるのはどうしてだよ……っ」

「……なにを言っている。おまえは私の後を追って来たのだろう？」

「だから違うって何度も言ってる！　だいたい、あなたの叔父君となんて会ったことも話したこともない！　だいたい王族ってやつに会いたくても会わせてくれなかったのはそっちのほうだろうが！　何度もアポ取ろうとしたのにけんもほろろだ。ふざけるな！」

「では……イスタンブールで会ったのも、料理店にいたのも偶然だったと？」

「偶然以外あるわけないだろうが！」

「私を待ち伏せていたわけではないのか？」

「くどい！　そんなまだるっこしいこと俺はしない！　トランジットの間の暇潰しにセックスすんのにわざわざ待ち伏せるわけないだろ！　くそっ、やだ……っつの！　あー！　もう！」

大声を出して、じたばたと庸はもがいた。

不倫のツケが巡り巡ってこんな形で自分に返ってくるとは思わなかった。

今度から寝る相手を選ぶときには、どんなにいい男でも不倫と王子は絶対にやめようと、庸は決意する――ただし、ここから生きて帰れたら、の話だけれども。

するとそのとき――。

「殿下」

ひっそりと低い声が庸の耳に聞こえた。ボディーガードのひとりがなにかをアズィーズに耳打ちする。

それを聞いたアズィーズがおもむろに立ち上がる。衣擦《きぬず》れの音をさせて彼はこの部屋から出て行ってしまう。彼に声をかける間もなかった。庸は部屋にたったひとり残される。

「マジかよ……」

けれど茫然としている余裕などまるでない。なんといっても、この格好だ。羞恥《しゅうち》プレイも甚《はなは》だしい。

しかもアズィーズはどこへ行ったのか、部屋から出て行ったまま戻ってもこない。

やっと誰かがやって来た気配を感じたかと思うと、背後から首筋にチクリとなにかを刺され、そのままあっという間に眠気が襲った。

3

「……っ」

ギシギシと軋《きし》む体の痛みで庸は目覚めた。

明るい……。

初めに目に入ってきたのは太陽の眩《まぶ》しい光だ。庸の寝ている場所は薄布で囲われているようだったが、その布の隙間から幾筋もの強い光が差し込んでくる。

一体自分はどのくらい寝ていたのか。時間は……光の差し込む角度から推察すると正午に近いあたりだろうか。

「い……っ」

体のどこもかしこも痛かった。強烈な筋肉痛に加え、なにより手首足首の痛みがひどい。ズキズキと痛むのは縄で拘束されたことでできた擦《す》り傷のせいか。のろのろと腕をかざして見ると、両手首に包帯が巻かれていた。

あの首筋に感じた微かな痛みは、おそらくなにか薬を打たれたせいだったのだろう。あれからみるみる間に意識をなくし、そして今、だ。

「そういえば……」

あたりを見回してみるが、ここはアズィーズに拘束されていた場所とは全く異なっているようだった。

庸が寝かされているのは、日当たりのよい部屋の中にある、ふかふかのベッドの上だ。

そして体には庸のものではない衣服も着せられていた。真新しいカンドゥーラだ。

カンドゥーラを着るのははじめてだったが、あまりの着心地のよさに驚くほどだった。そもそもトーブと呼ばれるカンドゥーラの生地は日本製が半分以上を占めるという。

そんな知識もこちらへやってくるときにはじめて知ったものだったが。

元々トーブはコットンを使ったものであったのだが、今はポリエステル入りのものも多いようだ。日本の紡績会社が開発したそれらの生地の鮮やかな白さや、洗濯をしても丈が変化しないなど様々な理由で選ばれているらしい。

なんといっても、こちらの人々はカンドゥーラをときに日に四度は着替えることもあるくらい白さにはこだわりがあるようだった。

さすがに仕立てもよく、まったく窮屈ではない。スーツなんかを着るより遙かに着心地のいい服である。

「すごいな……」

カンドゥーラもそうだがベッドにまた驚いた。なにしろベッドがとても広い。天蓋《てんがい》がついていて、天蓋から下りている薄布には見事な刺繍が施されている。こんなベッドなど映画かなにかでしか見たことがないものだ。

「お目覚めですか」

突然声をかけられて、庸は驚いた。

どうやら自分は人の気配にたいそう鈍感らしい。料理店で背後に人がいたことも気づかなかったし、今もそうだ。ただの一般人だから当たり前といえば当たり前なのだが、こう鈍いのもどうかと思う。

「は、はいっ」

飛び上がって返事をしたが、体の痛みに「痛っ」と声を上げた。

すると薄布の向こうからクスクスと笑い声が聞こえる。

庸は薄布をめくり上げる。

「おはようございます、庸様」

そこにいたのは庸よりも随分年上と思われる男性だ。笑顔が人懐っこい。

「お……おはよう、ございます……」

「緊張なさらずともよろしいですよ」

男性はやさしい笑みを浮かべながら庸に話しかけてくる。

「あ……そうなんですね。それじゃあ遠慮なく。それで……あの、ここは」

庸は訊《たず》ねた。なにしろ酒宴の後に連れ込まれた場所すら自分には見当もつかないのだ。

事態を把握しようにもくるくると様子が変わり、悪夢のような体験を庸に押しつけてくる。

まるで、ドラマのシーンが次々変化していくように、庸の置かれている状況も目まぐるしく変わった。たかが一日……いや、庸がどのくらい寝入っていたかわからないから、一日ではないかもしれないが、それでもせいぜい数日だ。

その間に庸の人生においても一、二を争うほどの衝撃的な出来事を体験したのではないか。

——これじゃあ、全部芝居だと言われたほうがよっぽど納得できる。

目を伏せて溜息をつくと、彼はやさしく笑いかけてきた。

「ここは、アズィーズ殿下がお住まいになられている宮殿でございます。わたくしはラウーフと申しまして、アズィーズ殿下が幼い頃から仕えておりました。このたびは庸様の身の回りのお世話を仰せつかっておりますので、なんなりとお申しつけください」

どうぞよろしくお願いいします、と彼はうやうやしく言う。

「よ、よろしくお願い……します」

ラウーフという彼のおっとりとしたやさしそうな笑顔に庸は毒気を抜かれる。

意識をなくす前までの不穏な空気とは打って変わって、ここは雰囲気からしてまるで違っている。

「あの――」

アズィーズはどこ、と庸が聞こうとしたとき、腹の虫がグーッと鳴った。その音を聞いて庸は恥ずかしくなって顔を赤くした。

「すみません」

「謝らないでください。お腹が鳴るのも当然ですよ。庸様はまる一日半眠り続けていたのですから。さあさ、お食事にいたしましょう」

そう言って、ラウーフは部屋から出て行った。

部屋にひとりになると庸は軋む体を伸ばしながら、ゆっくりとベッドから下りて、部屋の中を観察しはじめた。

広い部屋だ。部屋にはベッドとテーブル、そして椅子。続き間には素晴らしく豪華な絨毯《じゅうたん》が敷かれ、ゆったりとした大きなソファーが置かれている。さらに部屋から中庭へ出ると、そこには色とりどりの植物がところ狭しと植えられており、また大きな噴水からは豊かな水。ここだけ見るととても砂漠の国とは思えないほどだった。

ただ、さすがに日差しは強い。庸は眩しさに目を細める。

「そうだ、会社……連絡しないと」

ラウーフは庸が一日半ここで眠っていたと言っていたが、あの薄暗がりの部屋でどのくらいの時間を過ごしたのだろう。ほんの数時間だったような気もするし、そうではない気もする。しかしせいぜい一日ほど、といったところか。だとすれば庸がアズィーズに連れ去られてから、二、三日かもしれない。

会社の人間はそもそも庸のことはお客様扱いだろうし、いなくなったところでさほど心配もしないだろう。左遷でやってきた一社員が逃げ出したと考えて、それでお終いだ。

とはいえ、ラウーフが戻ってきたら会社に連絡ができるかどうか聞いてみようと庸は溜息をついた。

ややあって、ラウーフが戻ってくる。

彼が手にしているトレーからはとてもいい香りがしていた。肉を焼いたもの、豆のペースト、またフルーツやジュースがのっている。

「さあ、お好きなものをどうぞ」

さすがに空腹すぎて、いきなり肉を食べるのはどうかと思い、テーブルについてジュースを口にした。ジュースを選んだのは、喉が渇ききっていたせいもある。マンゴーとパパイヤがミックスされたらしい甘く濃厚なジュースを一気に飲み干すと、ようやく人心地がついた。

「いかがですか？　少しは召し上がれますか？」

「ええ。ジュースと果物なら」

「そうでしょうねえ。お腹もびっくりするでしょうし、あまり無理なさらないで、召し上がれるものだけでよろしいと思いますよ」

「そうですね」

「他になにかご用はございますか？」

そう聞かれて、庸が会社の連絡先を聞こうと口を開いたときだ。

「ラウーフ」

知った声が背後から聞こえた。

「殿下！」

ラウーフがすっとんきょうな声を上げた。

「何を驚いている。庸が目覚めたと教えに来たのはおまえだろう」

片眉を上げ、アズィーズは僅かな不快を表に出す。

「いえ、でも、まさかこんなにお早いとは。もう少しあちらでお話しされていると思っておりましたので、申し訳ありません」

ラウーフは謝罪を口にした。

「庸、気分はどうだ」

アズィーズが庸のほうへ顔を振り向けて声をかける。

庸は椅子から腰を上げるとアズィーズの前に歩み寄り、彼の正面に立つ。

パチン、とアズィーズの頬が鳴ったのと「ふざけるな」と庸が言ったのはほぼ同時だった。

が、しかし、アズィーズは庸が彼の頬を張ったというのに顔色ひとつ変えない。王族に向かって、いわば不敬も同然の振る舞いをしたのだ。普通ならば怒りのひとつも出るところだろう。

それどころか、庸が上げた手を掴み上げ、その甲に口づけさえしてみせたのだ。

「な……っ」

驚いたのは庸のほうだった。

アズィーズは鷹揚《おうよう》に微笑んでいる。

あの夜、庸を詰問していた表情とはまるで違っていた。これはイスタンブールで出会ったときの顔。だからその笑顔につい目が釘づけになってしまった。

こんなことをするから……。

一瞬、やっぱりいい男だ、と、うっかりときめいてしまった自分に腹立たしくなる。

「すまなかったと思っている。最近妙な輩《やから》が増えてな。おまえもそのひとりかと。直接ではなく搦め手というか、あの手この手で私を狙ってくるものだから、用心深くなっていたのだ」

王子ゆえ、身辺にまつわるトラブルは確かに多いだろうが、庸にしてみたらそんなことは関係ない。とばっちりを食ったというにはいささかひどすぎた。

王子に手を上げたことで罰がくだっても構わない。一発ぶってやらないと気がすまなかった。

「すまなかったですむと思ってんの？　おかげで俺は——あ！」

いきなり庸が大きな声を上げて、アズィーズが目を丸くした。

「会社！　そうだ、会社に連絡しないと！　こんなところでのんびりしている場合じゃないんだって！」

ラウーフに聞こうと思っていたのに、飲み食いしている間にすっかり頭から抜け落ちていた。

「会社？」

アズィーズに聞き返される。

「そう！　俺はあなたと違ってただの会社員なわけ。無断欠勤したらクビになるかもしれないだろ！　会社に連絡させてくれ」

庸はずいっと前のめりになってアズィーズに頼み込む。

が、彼からの返答は庸を落胆させた。

「無理だな」

「は⁉　無理って？　無理ってどういうこと」

「おまえにはこれからここで暮らしてもらう。だから会社など必要ない」

「はあぁ？」

これ以上もう驚くことなどないと思っていたが、さらに突拍子もないことを言われ庸は目を大きく見開いた。

「どういうことだよ！　いつまでもわけのわからないことで俺をこんなところに閉じ込めておくな！　ていうか、俺に全部説明しろ！　そのくらいの権利はあるだろ！」

そもそもどうして自分がアズィーズに連れ去られたのか、その理由もまだ聞いていない。なのにそれに加えてここで暮らせとはどういうことだ。庸は鼻息荒く、アズィーズに食ってかかった。

「まあ、それもそうだ」

そこに座れ、とアズィーズは椅子にかけるように庸に言った。

言われたとおり庸は椅子にかけ、ふて腐れた顔でアズィーズを睨みつける。その顔を見てアズィーズは苦笑した。

「そんな怖い顔をするな。可愛い顔が台なしだぞ」

「うるさい！　四の五の言わないでさっさと教えろ」

いったん王子に手を上げた身だ。もうこうなったらどうでもいい。開き直ったとばかりに庸は素の口調になる。

「私がおまえを連れ去ったのは、察しているかとは思うがおまえがスパイか、あるいは刺客かと疑ったからなのだが」

ちら、と彼は庸へ視線を向ける。

「スパイって……！　俺が？　まさか！」

思わず口走ると、アズィーズの鋭い瞳に見据えられる。恐ろしい目だ。この視線だけでも人を射殺せそうなほどの眼力を有している。これは彼が本物の王子であることを示していた。

庸はぶるりと震える。

「そうじゃない証拠はどこにある？」

静かな口調が、よけいに凄味を増していた。

「それは……証拠はないけれど、でも……！」

大きな声を上げたが、ふふん、と即座にあしらわれた。

「証拠も無いのに、口だけスパイではないと言っても説得力の欠片《かけら》もないぞ」

「…………」

アズィーズの言うとおりで口を噤むしかない。

証拠がない以上、何をどう反論しようと、庸がスパイではないという証明にはならない。唇を噛んだ。

アズィーズが自分をスパイだと疑ったのは、不本意だが仕方のないことだ。偶然とはいえ、結果として疑われるような行動をとった自分にも若干の責任がないわけではない。……あくまでも、百歩譲って、だが。

「この国についておまえはどのくらい知っている？」

黙りこくっているとそうアズィーズに問われ、庸は知っている限りのことを彼に伝えた。

「勉強不足だ」

「……すみません」

不勉強だと指摘され庸は素直に謝った。急だったとはいえ、この国で仕事をしようとしているのであれば、国の内部事情についてはことさら勉強すべきだった。それをおろそかにして無知さを露にしてしまった自分を猛省する。

（そういえば……）

あの薄暗い部屋で彼が庸に淫らな尋問をしたとき「叔父上の差し金か」と口にしたことを思い出していた。

この国の宰相が国王の弟であることは、不勉強な庸ですら知っている。ということは、宰相とアズィーズの間には何か確執でもあるのか。

「ひとつ聞いていい？」

「なんだ」

「あなたは俺に『叔父上あたりの差し金』と言ったでしょう？　叔父上というのは宰相のハーキム殿のこと？」

訊ねると、アズィーズは顔色も変えずに「そうだ」と答える。

そうしてちらりと庸を見遣り、言葉を続けた。

「その口ぶりだと、本当に国の内情については知らないらしいな」

「……日本のニュースはアハダルのことはなにも報じないから」

憮然《ぶぜん》としながら答えると彼は肩を竦《すく》めた。

「この国には現在、反国王派というのがはびこっていて、いつどこでクーデターが起こってもおかしくないと噂されていることも？」

呆れたような物言いをされて庸は「だから何も知らないと言ってるだろう」と恨みがましい目をアズィーズに向けた。

そもそもこの国は他国との争いもなく、暮らしぶりも豊かだと聞いた。国王は穏健派で、また切れ者だとも聞く。ただ現在は病に臥しているということだが。

「では、叔父上が国王の座を狙っているとしたら？」

え、と庸はアズィーズを見上げた。

ハーキムは宰相で国王をサポートする立場である。最も国王に近いところにいる宰相が国王の座を狙っているなんて。もしかしてクーデターというのは――？

庸の目が丸く見開いた。

「ようやく察しがついたか。そういうことだ」

ハーキムは王室を乗っ取ろうと企てているという噂があり、実際、胡散臭《うさんくさ》い動きをしているのが確認されているとアズィーズが口にした。

そういう事情であれば、アズィーズが疑心暗鬼になるのも無理はない。他国から来た人間に警戒する気持ちもよくわかった。

「なにしろおまえはイスタンブールで私を誘惑してきた上、あの日あの料理店にいたのだからな。疑われて当然というものだ。おまえは偶然と言ったが、私があそこにいることを知っていたものは限られていた……おまえを疑っても仕方ないだろう？」

「誘惑って！　あなたが俺を先に誘ったんだろう？　ハンカチを貸してくれて手を握ったのはあなたのほう」

「でも、先に思わせぶりな目をしたのはそっちだ」

「屁理屈《へりくつ》じゃないか。じゃあ、百歩譲ってイスタンブールのことは俺が誘ったってことでいいよ。でも、料理店のことなんか知らない。俺はあの日、歓迎会だからと誘われただけ」

「それでおまえはあそこにいたと言うんだな？」

「そういうこと。ところで、俺をスパイだと思ったんならなぜ急に解放したわけ？」

あのとき、アズィーズは誰かに呼ばれていなくなった後、そのまま庸は意識を手放した。

直前までは彼は庸をスパイだの刺客だのと疑っていたはずだ。それなのに今はこうして下にも置かないもてなしっぷりだ。

「おまえのことを調べさせてもらった。おまえの言うとおり、本当にバカな男のとばっちりでここにやってきたということがわかったからな。それにしてもおまえは男の選び方が悪いんじゃないのか。あんな男とつき合っていたなんてな」

「わ、悪かったな……！」

「見る目がなさすぎだろう。もう少しましな男を選べなかったのか」

クスクスと笑われて、庸は憤慨《ふんがい》したが事実なのでなにも言えない。

調べられたということは自分の素行もすべて彼には丸わかりだということだ。容疑が晴れたのはいいが、不倫のツケでここにやってきたことも知られた。

「ひどい……。じゃ、もうわかってたってことじゃないか。……人を脅かして」

「悪い、悪い。つい、な」

「つい、で脅かされたらたまったもんじゃない。——じゃ、スパイだっていう疑惑は晴れたってこと？　そしたら早く帰してくんないかな」

代わりにとげとげしい口調で彼に求めた。

「晴れたといっても九十パーセントくらいだ。だが、まだ完全じゃない。おまえには監視が必要だ。だからここから出ていくことも外と連絡を取ることも許さない」

彼の言葉に庸はがっくりと肩を落とした。

帰れないとなると、会社はクビだ。これまでなんとか首の皮一枚で留め置かれていた自分の立場が、絶望的になったことを知り愕然《がくぜん》とする。

「そこで、提案がある」

にっこりとアズィーズが笑顔を見せる。

この笑顔が曲者《くせもの》だ。もう庸は彼がただのセレブなイケメンだとは思っていない。

「……なんですか」

返事をすると、彼はさらにとびきりの笑顔を見せながらこう言った。

「私の花嫁にならないか」

庸はその言葉を聞いて、耳を疑った。

花嫁……花嫁……。

はなよめ。

何度も何度も頭の中で繰り返す。そして頭を抱えた。

「は……なよ、め?」

恐る恐る聞き返すと、アズィーズは大きく頷く。

「そう。花嫁」

「は、は、花嫁って!　花嫁って結婚するってこと!?」

百歩譲って愛人というならまだ話はわからないではない。だが、花嫁とは。

「他にどの花嫁があるというんだ？」

「だ、だって！　俺は見てのとおり男！　あなたの奥方になれるはずがない！　だって、ここは同性愛は黙認されてるかもしれないけれど、結婚って！」

いくら戒律が厳しくはないとはいえ、同性同士の婚姻でもあるし、なにしろ彼は王子だ。一般人の庸が王子と結婚なんて、身分違いも甚だしい。下手をすると国家間の問題にもなりかねないのに、頭が沸いているのか、と庸は目を剥いた。

「まあ、落ち着いて聞け」

アズィーズは庸を宥《なだ》める。だが、落ち着けるはずもない。

「落ち着けないって！」

「いいから、最後まで話を聞いてくれ」

この強い視線で見つめられると、なにも言えなくなる。庸はおとなしくアズィーズの話に耳を傾けることにした。

「残念ながら、私は叔父上にとっては邪魔な存在でね。おまえがその私の元にいるということで、おまえも既に叔父上からしたら注目すべきひとりになったということだ」

「どういうこと……？」

庸はただここに連れ込まれただけで、なんの関係もないはずだ。なぜ宰相に目をつけられなければならないのか。

「おまえはもう私とは無関係ではないからね。叔父上は私とおまえがイスタンブールでなにをしていたかも、そしてここに連れてきたこともおそらく既に知っているだろう。おまえがいくら私とは無関係だと言い張っても聞くような相手ではない。おまえを利用しようとするに決まっているさ。それにあの人は私と違ってやさしくはないからな。おまえがここから出ていったら、確実にあの人に捕まるだろう。しかしおまえは関係ないと言い張って、抵抗する。となれば……さて、なにをされるかな」

　アズィーズはちらりと庸に視線をくれる。

「な……なにをされるって……？」

「さあ？　殺されるほうがましなことになりかねない。あまり身内の恥をさらしたくはないが、好色家が高じて人身売買のマーケットにもあの人は一枚噛んでいるらしいしな。まだはっきり尻尾《しっぽ》は掴めていないが、調べによるとそういうことだ」

　人身売買、と聞いて庸は言葉をなくした。こんなふうに豊かな国でもまだそういったものが存在するのか。話には聞いていたしアズィーズに捕らえられたときにもバカな想像はしたが、ここを離れたら、実際に自分がそういうところに売り飛ばされかねないということだ。

「利用価値もなく、さらに秘密を知られたとなると……まあ、おまえに想像力があれば、結果を思い浮かべられるだろう」

「思い浮かべたら、ろくな結果にならなかったんだけど」

恨みがましい目でアズィーズを見ると、彼は「だろう?」とウインクをする。

「そこで一芝居打ちたくてね」

「え?」

「私とおまえは恋人同士で、結婚を考えている。しかしこの国ではまだ同性同士の婚姻は認められていない。この国にいる以上結婚はできない。だから私は国を捨てて、国外へ行こうと考えている——と、叔父上に思い込ませたい」

「あ……そういうこと」

なるほど、と庸は頷いた。

「おそらく叔父上は油断して尻尾を出すだろう。そこを一掃したくてね。近頃目に余るくらい好き勝手にされているので、そろそろなんとかしないととは思っていたんだが」

アズィーズの眉間に皺が寄り、厳しい表情になる。

「じゃあ、別に本当に結婚するってわけじゃないってことか。花嫁、っていうか恋人……婚約者ってことになるのかな」

ほっと胸を撫で下ろす。

「まあ、そういうことだが——」

アズィーズがまだなにか言いたげにしている。

「まだ他になにか？」

訊ねると、彼は首を振った。

「いや、いい。……それで、おまえにも協力してもらいたい」

「……そういうことなら。芝居だっていうなら別に。どうせここから出られないんでしょ。その叔父さん？　あなたの叔父さんがどうにかなったら帰してくれるんだよね？」

「ああ。それは約束しよう。だが、叔父上はかなり鼻が利く。生半可な芝居だと、嘘だと見抜かれる可能性が大きい。おまえには本当の婚約者のつもりで振る舞ってもらいたい」

真剣な目でそう言われる。

「本当の恋人のつもりでいないといけないってこと？」

「そういうことだ。なんなら、寵妾《ちょうしょう》として一生ここにいてもいいぞ？」

にやりと笑われ、庸は肩を竦める。

「冗談言わないで。そんなことになったら、ここでは俺はあなたの従属物になってしまうだろう？　王室に縛られて生きていくなんてごめんだね。それに寵妾だなんて、結局愛人ってことでしょ。社会的地位もない上、一生こんなところにいるのは嫌だよ」

庸の返事に彼はきょとんとした顔をし、目をぱちくりとさせた。

「ん？　どうかした？」

黙りこくったアズィーズに庸が声をかける。

「いや……皆、私の寵妾になりたがるのにおまえは違うのだなと」

「そんなの人それぞれだろ。俺は嫌だってこと。俺だってあなたの寵妾になりたい人の気持ちはわからないわけじゃないけどね。王族だし、ここは豊かな国だから贅沢もできそうだし、なんといってもあなたはすてきだもの」

嫌みっぽくにっこり笑ってみせる。

「でも俺は違うから。この先ずっと籠の鳥になって囚われたまま、いつやってくるのかしれないあなたをただ待つなんて耐えられない。今日は来る？　来ない？　そんなふうにじりじり待っているのは嫌だよ。あなたがその日抱く相手を選びたいように、俺だって、その日の相手を自由に選びたい」

「なるほど」

庸の言葉を聞いて、アズィーズは唇の端を上げた。

「だから役目が終わったら、ここから出ていく。それまでの契約。それでいい？」

「それならそれでいい。おまえがそれでいいなら」

「どんなにあなたがすてきな人でも、先はわからないだろ？」

きっぱりと庸が答えると、彼は大きく頷いた。

「わかった。ではそのようにしよう」

「……こうなったら仕方がないし」

降参とばかりに両手を挙げた。

「お利口さんだ。賢い子は好きだよ。——ああ、おまえの職場にはあとでこちらから連絡を入れておいてやろう。なに、悪いようにはしないよ」

会社へは連絡を入れてくれるというので、それは安心した。王族からならば会社も多少は多めに見てくれるかもしれない。

と思っていると——。

「辞職してこちらに仕えると伝えてやるから安心しろ」

しれっとそんなことを言う。

「ええっ⁉」

こんなことだと思った、と庸は頭を抱えながら、商社マンとしてのキャリアがここで終わったことに愕然とした。

「よろしく、私の可愛いフィアンセ」

うやうやしく手の甲に再び口づけられた。

——フィアンセ、ねえ。

事情が事情だ。ここでだだを捏ねても仕方がない。庸は開き直ることにした。

「ねえ、あなたのことは呼び捨てでいいの？　様とか殿下とかつけたほうがいい？」

いまさらだが、これからフィアンセとして振る舞うなら細かいことにも気をつければ。

「呼び捨てで構わない。そのほうが、婚約者らしく見えるだろう。では、もっと魅力的な恋人になるように空いた時間でせいぜい磨き立てておくといい」

「本当は幻滅してもらったほうがいいけど。そしたら早くここから出て行けるしね」

「まったく減らず口しか叩かないのか、この可愛らしい口は」

アズィーズは庸の腰を抱き寄せると、尻を撫でながら唇を強く吸った。

「……んっ」

思わずといったように声を漏らした庸へにやりと笑いかけ「今夜が楽しみだ」と耳許で囁《ささや》く。

「あなたの腰が立たなくなるまで絞り取ってやるよ」

嫌みたらしく答える。こうなったらやけだ。体だけでも満足させてもらわないと。

「はは、期待しておこう」

楽しげな笑い声を立ててアズィーズは部屋から出て行ってしまった。


どうやら今いるこの部屋は客間などではなく、はなから庸に与えられていることが決まっていたらしい。

「庸様のために調度品もすべて殿下がお選びになったのですよ」

ラウーフがにっこりしながらそう言った。

部屋の中をじっくり見ると、飾られた壺ひとつにしても、恐ろしく高価なものと思われるものばかりである。見事な象嵌《ぞうがん》細工の大杯が置かれていたり、繊細なガラス細工の動物の置物があったり、どれもがどこかの美術館にあってもおかしくない。

また庸の目を惹いたのは、敷かれている絨毯だ。

メダイヨンに勇ましい狩りの様子が織り込まれ、それを引き立てるように美しい花々と幾何学模様で装飾されている絨毯は溜息が出るほどの素晴らしいもので、これもまた実用品というよりは美術品の域にあるものだった。

丁重な扱い、には違いない。

はじめからアズィーズは庸をこの宮殿に押し込めておく心づもりをしていたようだ。たかが行きずりも同然の日本人だというのに、この手厚い待遇ときたら。

彼にとっては自分などそれこそ男娼風情も同然で、彼の誤解から庸はこんなところにやってきたが、そのままポイと放り出されたらそれで終わりだ。宰相のハーキムが庸に関わってこようとどうしようと、アズィーズこそ知らぬ振りを決め込めばいいだけの話だろうに。それこそ庸の生死などアズィーズの人生にはまるで影響もしない。

「それだけ殿下は庸様のことをお気に召しているんですよ」

ラウーフはそう言うが、庸には疑問が残ったままだ。

とはいえ、身辺はめまぐるしく一変してしまったため、今日はなにも考えないことにした。

「………退屈」

だが、常に分刻みのスケジュールで動いていた身としては、このなにもしない時間をどうやって過ごせばいいのかよくわからない。なにしろテレビもＤＶＤもなく、娯楽といった類《たぐい》のものがなにもないのだ。アズィーズに言えばそのくらいどうにかしてくれるのだろうが、普段からそういったものを庸はあまり観ることがないから、さして観たいとも思わない。

日がな一日ベッドの上でゴロゴロしているのは性に合わないし、かといって外にも出られないしでは、やることもないから結局寝ているしかなかった。

こうして過ごしてみると、いかに自分が貧乏性というか忙しく暮らしていたのかがよくわかる。

平日は基本的に仕事で、休日は恋人と会っているか、さもなくば勉強に充てていた。いつでも時間がもったいなくて、なにかしらしていないと落ち着かない。

仰向けになって上を見上げる。天蓋付きのベッドから透けて見えるのは繊細なイスラム文様の天井だ。美しい装飾の内装はこちら独特のものである。

視線を下ろすと目に入ったのは壁面に書かれているアラビア語のカリグラフィー。偶像崇拝が禁止されていることから、神の言葉である《コーラン》を美しく書くために長い時間をかけてアラベスク文様とともに磨かれてきたものだ。ただの文字だけではなく、文章で絵を作っているものもあり、デザイン性においても素晴らしく目を瞠る。

アラビア語の書体には黄金比率があると聞いたことがある。だから理論的にもとても美しいものであるらしい。そんなことを思いながら没頭するように見入った。

さほど明るくないアラビア語をじっくりと目で追って、書かれている文字を声を出して読み上げてみると、その韻を踏んだ独特のリズムにまるで歌を歌っているような不思議な感覚に陥る。下手くそなアラビア語だが、それでもなんとなく気分が高揚した。

「ん？」

窓の外で葉を擦るような物音が聞こえた。

庸は起き上がって、庭に面している扉から外に出る。

きつい日差しに目を細めた。これでもこの国にきていくらかは経っているから、少しは慣れたとはいえ、それでも立っているだけでクラクラとする。

自分の着ているカンドゥーラが日差しを遮《さえぎ》ってくれるからいいようなものの、暑いからといって半袖短パンなどだとそれだけであっという間に皮膚を黒焦げにしそうだった。

砂漠にはスーツのほうがましだというのは本当だ、と庸は苦笑した。

すると植え込みから、再びガサガサとした無理やり葉を揺らす音が聞こえる。庸がそちらへ目を向けると、小さな影がひょっこり姿を現した。

「きみは……？」

それはほんの小さな男の子だった。いくつくらいだろうか。まだずいぶんと幼く、日本なら小学校に上がるか上がらないかくらいの年回りの子。

男の子は庸の顔を見ると、はじめびっくりしたような表情になり、そしてすぐにぎゅっと目を閉じて体を強ばらせた。もしかしたら叱られるとでも思ったのかもしれない。

「怖がらなくていいよ。俺は庸っていうんだ。きみは？」

男の子の視線に合わせるように腰を屈めて声をかける。彼はくりくりとした目を大きく見開いて、庸をじっと見つめた。

「……ルトフィー」

ようやく声を出したのはややしばらくしてからだった。

しかし庸は彼が話し出すのを急かすことなく根気よく待っていた。

「そう、ルトフィーっていうの。こんにちは」

「こ、んにちは……あの」

「なあに？　ここになにかご用があるのかな？」

まだこの宮殿についてはよくわからない。自分にあてがわれた部屋がどこにあるのかもわからないし、全体がどのくらいの広さの宮殿なのかも。庸に許された行動範囲は自分の部屋とそこから中庭、そして部屋の反対側にあるもうひとつの庭だけだ。他の場所へ行く出入り口には見張りの者がいて、通してはくれない。

だからこの子がどこからやってきたのか、またどこの子かも庸には知るよしもなかった。もしかしたらアズィーズの子かもと庸は考えた。

そういえば庸はアズィーズのことはほとんど知らないも同然である。芝居の上とはいえフィアンセを名乗ることにしたのにこれではいけない。

イスタンブールで会ったときには彼のプライベートなど、知らないほうがいいと思ったくらいだったが、今は事情が違う。そもそも独身なのか、それとも既に妻がいるのか。

現国王も正妃の他に三人正式な妻がいて、さらにもうひとり寵姫がいた。それを考えると妻のひとりくらいいてもおかしくはないが、庸をフィアンセに仕立てあげるくらいだ。結婚はしていないのかもしれない。

だとしたら目の前のこの子は……？

この国は人間関係が複雑で困る、と庸は考え込んだ。

「……お庭を歩いていたら迷ってしまいました」

心細そうに縋《すが》るような目をするルトフィーに庸は安心させるようににっこりと笑いかける。

「そうか。それは大変だったね」

できるだけ不安にさせないようにゆっくりと話しかける。

すると「庸様、どちらにいらっしゃいますか？」と庸を呼ぶ声が聞こえた。ラウーフの声だ。

「ラウーフ！　こっちこっち。庭にいるから来てくれないかな」

ちょうどいいとばかりにラウーフを呼びつけた。

「小さいお客さんがいるんだ」

やってきた彼にそう言うと、きょとんとした顔をする。

そして彼はルトフィーの姿を見たとたん、たいそう驚いた表情へとそれは変わった。

「ルトフィー様！」

ラウーフがルトフィーの名を呼ぶと、彼ははっとした顔をして、慌てて庸の後ろへ隠れてしまう。なにか様子がおかしい。ぎゅっと庸の着ているカンドゥーラの裾を握りしめていた。

「ここまでいらっしゃるなんて！　どうなさったのですか」

ラウーフはどうやら彼のことを知っているらしい。「ルトフィー様」と呼んだところを見ると、やはりアズィーズの子なのだろうか。

「どうやら迷子みたいなんだよね。庭を歩いていたら迷ったって言ってたけど」

「ふむ……そうでしたか。早くあちらの者に伝えなくては。きっと探しているでしょうし」

ラウーフは焦ったようにルトフィーへ「戻りましょう」とそう声をかける。

するとルトフィーは、相変わらず庸のカンドゥーラを握ったまま、いやいやをするように首を振った。

「ルトフィー様、どうなさったのですか」

「帰りたくない……」

ルトフィーはそう言ってしょぼんと項垂《うなだ》れたまま、そこから動かない。そんな彼にラウーフが困惑してしまい「どうしましょう」とおろおろとしていた。しかしルトフィーは唇をぎゅっと真一文字に引き結んだままましゃがみこんでしまった。

「とにかく、誰か呼んできましょう」

ラウーフがそう言って人を呼ぼうとするのを庸は「ちょっと待って」と引き留めた。

「庸様？」

「とにかく理由を聞いてみたほうがいいんじゃないかな。人を呼ぶのはその後でも。ルトフィーには俺が聞いてみるよ」

「はい……」

庸はカンドゥーラを握りしめている彼の手にやさしく触れる。そしてゆっくりとカンドゥーラから手を外させて、改めて彼の目線になるようにしゃがんだ。

「ルトフィー、どうして帰りたくないのかな」

ね、と聞くと、彼はおずおずと庸に目を合わせる。

ルトフィーはなかなか口を開こうとしなかった。だが、庸はけっして無理に聞きださない。彼が自ら言い出すのを待っていた。

「——ぼくが」

ルトフィーは今にも泣き出しそうな顔をして、小さな声を出す。

「お勉強ができないから……先生がいつも嫌な顔をするんだ」

「勉強？」

こんな小さな子にも勉強をさせているのか、と庸は複雑な心持ちになる。

「……うん。ぼく英語ができなくて」

そう言ったきり、ルトフィーは俯いて押し黙ってしまった。

どうやら勉強ができなくて逃げ出してしまったらしい。おそらく嫌になってうろうろとしているうちにここまでやってきたのだろう。だが、彼はどこからやってきたのか。そしてやはりアズィーズの子なのだろうか。

庸は側にいたラウーフへ顔を向ける。

「ラウーフ、この子はアズィーズの……？」

訊ねると、ラウーフは複雑な顔をした。

「直接殿下からお聞きになったほうがよろしいと思いますよ」

言葉を濁すラウーフになにか事情があると庸は察した。

「殿下を呼んで参ります」

彼が部屋を出ようとすると、「どうかしたのか」と張りのある声が響き、アズィーズが姿を現した。

そういえば、夜にはやってくると言っていたが。……だが、まだ日は高い。夕方というにもまだ早い時間だ。

だがそんなことはどうでもいい。タイミングよく彼が現れて、ラウーフはほっとした顔をする。

「ルトフィー！　どうしてこんなところにいるんだ」

そうしてアズィーズはルトフィーの姿を認め、「父上！」と驚いたように声を上げた。ルトフィーはてっきり叱られるとでも思ったのか、庸の後ろに隠れてしまう。

ルトフィーが父上と呼んだことで、やはりアズィーズは彼の子なのだ、とわかった。が、今はそれどころではない。

ルトフィーも勉強から逃避してきたことを後ろめたく思っている。けれど小さい体はもういっぱいいっぱいになっているのかもしれない。それが証拠にルトフィーの足元にほんの小さな滴《しずく》がぽとりと落ちた。

「ルトフィーはここに迷い込んできただけだよ」

庸は、ルトフィーを庇《かば》うようにずいと前に出る。アズィーズは怪訝《けげん》な顔をし、じっと庸を見つめた。

「あまり叱らないでくれないかな。この子はちょっと疲れているんだって」

「疲れてる？」

「うん。勉強が少しハードなんじゃないかな」

庸の言葉にアズィーズの眉が寄せられた。

「しかしやるべきことはまだまだたくさん――」

「あのね！」

アズィーズの言葉を遮るように庸は声を被せた。

「なんだ」

じろりと睨まれるように見られ、一瞬庸は臆する。まったく威圧感がハンパない、と庸はアズィーズのオーラに内心で苦笑しながらもう一歩前に出た。

「わかるけど！　でもね、なんでも詰め込めばいいってもんじゃないんですよ。効率よく覚えるには息抜きも必要だって、あなたもわかるでしょう？」

怯《ひる》まず睨み返すと、アズィーズはむっつりとした顔を作った。

「せめてお茶くらい飲んでいってもいいでしょう？　疲れている子に休息も与えないって可哀想だろ。それとも王子様ってたった三十分や一時間くらい待てないってわけ」

庸が続けざまにそう言うと、しぶしぶといったように「お茶だけなら」と素っ気ない答えが返ってきた。

「ありがとう。――さ、ルトフィー、あっちでお茶にしよう。ラウーフお願いできる？」

ルトフィーとラウーフに声をかける。

ルトフィーが戸惑ったように庸とアズィーズの顔を交互に見るが、庸は「お茶だけならいいって言われただろ」と彼の手を引いた。するとルトフィーの顔はうれしそうに綻《ほころ》んだ。

ラウーフに淹《い》れてもらったお茶を飲むと、ルトフィーはやっと落ち着いたようだった。

たぶん逃げ出したのを咎《とが》められると思っていたのだろうけれど、そうではなかったからだ。

彼の小さな心臓はきっとパンクしそうなくらいドキドキしていたとは思うが。

「ん？　なに？」

気がつくと、ルトフィーがじっと庸を見つめていた。

「庸がぼくの新しい母上になるの？」

大きな目をさらに大きくさせたルトフィーに聞かれる。

「は、母上……っ⁉」

母上ってなんだ、母上って。

庸がどう答えたものかと思い倦《あぐ》ねているとアズィーズが側にやってきて「そうだ」とひと言答えた。

「アズィーズ！」

文句を言おうとした矢先、アズィーズに目配せされる。黙っていろということだ。

フィアンセだけでなく、新しい役柄が追加されてしまった。

母上ねえ……。

庸は頭を抱えたくなった。男の母上という微妙な言い回しに、それは合っているのか？　と疑問符で頭をいっぱいにする。

とにかくもう野となれ山となれだ。半ばやけくそまみれで無理やり笑顔を作った。

「ルトフィー、庸はどうだ？　おまえの母上になってもいいか？」

調子に乗ったようにアズィーズがルトフィーに訊ねる。

絶対さっきルトフィーのことで庸がやり込めた仕返しだ、とアズィーズを睨みつけるが彼ときたらどこ吹く風だ。

「はいっ！　うれしいです、父上！　庸はとてもきれいでやさしいから、母上になってくれるといいです」

うれしいような、うれしくないような、複雑な気持ちになりながら庸は二人の会話を聞いている。

いったいどうしてこうなった。

この一日で、王子のフィアンセというだけでなく、子持ちにもなろうとしているとは。

設定盛り過ぎだろ、と心の中でツッコミを入れた。

けれど、ぷくぷくしたほっぺたの小さい子が笑っているのは、癒やされる。些細なことはどうでもよくなって、自然に笑顔になってしまう。

「ねえ、庸はどこからきたんですか？」

さっきまでの青ざめた顔色が今はもう頬をピンク色に上気させ、目をキラキラ輝かせてルトフィーが聞いてきた。こんな顔をされると嫌なことも全部忘れてしまいそうだ。

「日本っていう国。知ってる？」

ううん、とルトフィーが首を振る。

「どこにあるのですか？　遠い？」

「そうだね。うーんと遠い国だよ」

「どうやって行くの？　飛行機？」

「そう、飛行機でね」

「飛行機たくさん乗りますか？」

「うーんと乗るよ。一日以上かかっちゃうかな」

ルトフィーへそう言いながら、ここまでの道のりを思い出し、そうして隣に座っているアズィーズをちらと横目で見た。

仕事でやってきたはずが、今はこんなところにいて、いつまでここにいるのかもわからないという有様だ。

きっと庸の視線がかなり恨みがましいものだったのだろう。アズィーズは庸の顔を見て、おかしそうに微かに唇の端を引き上げたかと思うと、涼しい顔でティーカップを持って茶を口にした。

小馬鹿にされたような態度を取られて一瞬ムッとしたものの、いまさらである。

わけのわからない設定でももういい。その生活を楽しまないと損だ。

とはいえ、この時間は小さい王子様のことを考えなくては。気を取り直して口を開く。

「ルトフィーは何歳？」

「五歳です」

五歳というと日本ではまだ就学前だ。この年頃の子と接する機会はなかったが、思っていたよりもずっと楽しいと思えるのは自分でも意外だった。

これならルトフィーともうまくやっていけるのではないだろうか。――もちろん母親としては無理だけれど友達としてなら。

「あのね、ルトフィー。俺はまだきみの父上とは結婚できないから、お母さんにはなれないんだよ」

庸がそう言うとルトフィーはちょっぴり口をへの字にして、悲しそうな顔をする。

「そうなんですか？」

「うん。でも、ルトフィーとは仲よしでいたいと思ってる。仲よくしてくれる？」

「はい！　もちろんです！」

ルトフィーはまんまるな目を輝かせ、大きく頷く。

「ありがと。じゃあ、まずは友達になろうか。いい？」

「はいっ！」

「それじゃあ、握手してくれる？」

庸が手を差し出し、ルトフィーの小さな手を取りしっかりと握手をした。彼はさらに抱きつき庸の頬に自分の頬をくっつける。左右の頬を何度もくっつけて親愛の情を表してくれた。

「よろしくね」

そう言いながら庸は思いついたことを口にしてみた。

「――なあ、ルトフィー。ルトフィーは英語は苦手かもしれないけれど、アラビア語は俺よりも得意だろう？」

突然の庸の言葉にパチパチとまばたきをして、頷いた。

「あのさ、俺、実はここの言葉がちょーっと苦手なんだよね。だから俺にここの言葉を教えてくれないかな？」

「ぼくが？」

「そう。俺は英語はきみよりちょっとだけ得意なんだけど、ここの言葉はてんでダメでね。聞いていてわかるだろ？」

お世辞にも庸の発音は上手いとはいえないはずだ。おそらく聞く人が聞いたらあまりのぎこちなさに笑い出しそうになるだろうことはよくわかっている。

「教えてくれる？」

庸が聞くと、ルトフィーはぱあっと顔を明るくさせ、「教えます！」と元気のいい声を返す。しかし、すぐにアズィーズが見つめていることに気づくと、はっと口を噤んでしまった。

「……父上……よいでしょうか？」

そうしておずおずとアズィーズに訊ねる。

「どう？　ダメかな？」

アズィーズに聞くと、彼はしばらく黙りこくった。そうしてはあ、と大きく息をつくとようやく口を開く。

「わかった。庸の発音はさすがにひどい。おまえが教えてもう少し聞けるようにしてやれ、ルトフィー」

「あなたね……！　それはあんまりなんじゃない？」

ボロクソに言われてアズィーズを睨みつけたが、彼はというとどこ吹く風だ。

「本当のことだろう？　おまえ自身も今そう言っていたじゃないか」

ふふん、と鼻で笑われる。

「そりゃそうだけど！」

「ルトフィーに特訓してもらうといい。さてどれだけ上達するかな」

いかにもおかしいとばかりに、くくっ、と喉を鳴らしながらアズィーズが笑う。

そんな二人の様子を見ているルトフィーはきょとんとしていた。

「ん？　どうしたの？」

「父上と庸はけんかするんですか？」

「え？」

しまった、と慌てて口を噤む。フィアンセなのにけんかなんかしてしまった。するとアズィーズは「これはね」と口を挟む。

「これは本当に仲のいい証拠なんだよ、ルトフィー」

「そうなんですか」

「ああ。こうやってお互い意見を言い合えるというのは本当に仲がよくないとできないことだからね」

しゃあしゃあと言うアズィーズに庸は目を剥いた。

「おや。庸が照れてしまったらしいよ。口も聞けなくなってしまったらしい」

そう言いながら、アズィーズは庸の手を取って指先に口づけた。さらによこしてくる流し目が色っぽくて、うっかり胸をときめかせてしまう。

本当にこういうところは嫌になるほどかっこいい。

「あー……もう……」

反論は無意味だ。この際もうどうでもよくなってきた。もうどうにでもなれ、と投げやりな気分になる。

「わあ……そうだったのですね。じゃあ父上と庸はすごく仲よしなんですね」

「ああ。だって庸は美人だろう？　こんな可愛らしい人を好きにならないわけがない。そう思わないか？　ルトフィー」

「ええ！　ええ！　とっても。父上と結婚しないのでしたら、ぼくのお嫁さんにしたいです」

「それはダメだ、ルトフィー。まだ結婚していないからといって、私の庸を横取りしてはいけないよ」

「はい、わかりました。庸が母上になってくれるならそれで我慢します」

なんだか二人で勝手なことを言っている。

ルトフィーとアズィーズの会話に入れず庸は苦笑いを浮かべていた。とても五つの子とする会話とは思えない。これが王族というものか。王族はあまり関係ないかもしれないが、色恋のことを五歳の子と話すというのは日本人にはあまりないことなので、ぽかんとしてしまう。

「さ、ルトフィー、庸がお待ちかねだ。もたもたしていると時間がなくなるぞ」

はい！　という先ほどまでのしょげていた顔とは大違いの、はつらつとした子供らしい笑顔でルトフィーは大きく返事をした。

うとうととしていて、隣にアズィーズが座ったのにも気づいていなかった。

ジェットコースターにでも乗せられているかのように、スピーディーな展開にきっと脳がついていかなかったのかもしれない。

庸はルトフィーが自室へ戻った後、ソファーにぐったりと体を横たえていた。

あれから結局、庸はアズィーズ親子と一緒に夕食までとったのだった。ルトフィーは迷い込んで来たときとは打って変わってご機嫌になって帰っていった。

「疲れたか」

アズィーズの声が聞こえ、庸は目を擦りながら「少し」と答える。

「今日はすまなかった」

「なんのこと?」

「ルトフィーのことだ」

「ああ。まったく、ああいうことは早く言っておいてくれないと。俺はフィアンセなんでしょ。なりきるならしっかりやりたいから」

庸がそう言うと、アズィーズは苦笑した。

「そうだな」

「っていうか、びっくりしただけ。あなたが子持ちだったなんてね。奥様は？」

妻帯者と関係するのはもう嫌だと思っていたのに、また妻帯者とはね、といささかうんざりしつつ聞く。

「いないよ。私は独り者だ」

アズィーズが庸の手を握りながら答える。

独り身と聞いて、心のどこかでほっとする。妻がいて当然と思っていただけに、嘘とはいえ自分が彼のフィアンセであることになんとなく甘やかさを覚えてしまった。

だが、そうなると……。

「え？　じゃあ、ルトフィーのお母さんって……」

離縁か、あるいは——亡くなったか。

「いない」

アズィーズの返答は、ルトフィーの本当の母親が亡くなっているというように聞こえた。

「じゃあ……亡くなった、って……こと？」

おずおずと遠慮がちに聞くと、彼は「まあ、そういうことになる」と返事をよこした。

そうか、と庸は悪いことを聞いてしまったかも、と聞いたことを後悔する。

「気にしなくていい。あれもそれはちゃんとわかっている」

五歳という年のわりにときおり大人びた答え方をするルトフィーを思い出す。いくら周りには彼を気遣うたくさんの大人がいても、あの年ならまだ母親が恋しいだろうに。

「もう――ルトフィーのことはいいだろう？」

考え込む庸のこめかみにアズィーズの唇が触れる。

「それって妬《や》いてるの？」

先ほどの親子の会話を思い出し、庸はクスクスと笑う。

「私は自分のものをたとえ息子にでも取られるのは嫌でね」

アズィーズが首筋に指を這《は》わせてくる。ピリ、と微かな刺激が皮膚に走った。

「……んっ」

不意のことで思わず声が漏れる。

「感じてるのか」

笑いを含むような声で聞かれ、庸は「別に」と素っ気なく答えた。

「素直じゃないな」

首筋に唇が下りてくる。

「あなたこそ、そんな触り方して。抱きたいなら抱きたいって言えば？」

にやりと笑うと「抱いて欲しいくせに」と返ってきた。

「俺はあなたのフィアンセなんでしょ。好きにすればいいですよ」

「可愛くない」

アズィーズが肩を竦めるのを見て、ふふっ、と庸が笑う。

「嫌ならさっさとお役御免にしてくれていいですよ。——あなた、結構物好きですよね。俺を放り出したところであなたにデメリットなんかないのに。むしろここに置いておく意味ってあるの？」

「あるさ。ルトフィーがすっかり懐いた。それにおまえの体はいいと言っただろう？　顔も好みだ」

「そりゃ光栄——うわっ」

言うや否や、アズィーズは庸の体を抱きかかえた。

「ちょ……！　な……っ！」

「行くぞ」

しっかりとアズィーズの腕に抱かれた庸の体がふわりと宙に浮く。いくら細身といっても庸は男だ。その男の体を軽々と抱き上げている彼の力は相当に強いのだろう。

「ど、どこに行くって……！」

「どこって、決まっているだろう。日本人は風呂が好きだと聞いた。きっとここの風呂も好きになるだろうよ」

庸を抱きかかえたアズィーズが部屋を出て行こうとすると、ラウーフが慌てたように駆け寄ってきた。

「殿下、庸様はたいそうお疲れでございます。くれぐれもご無体なことはおやめくださいませ。ただでさえ、このように細くていらっしゃるのです。無理はなさいませんよう」

ラウーフが小言のようにアズィーズに言うと、彼は「わかってる」と一笑に付す。

「心配するな。俺も弁えている」

「風呂くらいひとりで入れますよ。というか、いちいち抱きかかえてくれなくてもいいのに。歩いて行けますから」

すっかり気持ちなど置き去りにされ、アズィーズの言うがままだ。ささやかな抵抗を試みたが、ふんと鼻で軽く笑われただけだった。

「好きにすればいいと言ったのはおまえだよ。私は愛するフィアンセと一緒に風呂に入りたいだけなのだが？　それにおまえひとり抱きかかえられないような男ではおまえも頼りないだろう？」

墓穴を掘ったと庸は思ったが、逞しい腕に抱かれると、イスタンブールで抱かれたときとは違う別のものを感じ取る。例えば、体臭の中に混じる乾いた砂の匂い。こんな匂いは、日本には存在しない。この国独特の、そしてアズィーズの匂いだ。

慣れぬ匂いを嗅ぎながら、されるがままに連れて行かれた。

気に入るだろうよ、と彼が言ったとおり、浴室はとても広くそして贅を尽くしたものだった。大理石やめのう、そしていたるところに金細工が施され、また人が何人も入れそうな広い大きな浴槽一面には、色とりどりの花が浮かべられてさえいる。

しかも小さな四阿《あずまや》まであって、そこには豪華な絨毯や、やわらかなクッションが敷き詰められ、ゆったりと体を横たえることもできるのだ。

贅沢としか言いようのない設えに、目を瞠るばかりだ。

「どうした」

「いや……すごいなと思って」

感心したように呟くと、アズィーズが当然のように「大したことはない」と言う。

「大したことないとか言わないでくださいよ。庶民の俺には目の毒でしかありませんからね」

いわゆるセレブと呼ばれる人々の生活を垣間見てはいたが、ここはそれ以上だ。おそらく庸が見てきたものとは桁が違う。まるっきり異世界のようで、あれもこれもとても現実のものとは思えない。

それよりも、わかっていたこととはいえ、何人もの使用人が周りにいるのが気になる。

「ねえ、彼らを下がらせることはできないの？」

自分の裸が彼らに見られているのは知っているが、こうもじろじろと見られるとなけなしの羞恥心が顔を覗かせる。

「なんだ恥ずかしいのか」

「まあ……そりゃあね。だってあなた、ここで俺を抱くつもりでしょう？」

窺《うかが》うように上目遣いで彼の顔をちらりと見る。

「気にするな。柱の一本くらいに思っておけ」

「無理ですって」

「まあ、そう言うな。あれらの仕事を取り上げてはいけないだろう？」

そう言われて庸ははっとした。

ここでアズィーズを見守り、側にいることも彼らの仕事であり、それを取り上げる権利は庸にはない。取り上げてしまえば、彼らの仕事はなくなり、賃金が支払われなくなってしまうのだ。

「だがおまえが気にするなら、姿は見えないようにさせておく。それでいいか」

「……わかりました。それでいいです」

アズィーズの言葉が聞こえていたのか、それまで近くにいた使用人の姿はあっという間になくなってしまう。そうしてアズィーズは庸を下ろすとカンドゥーラを脱がせにかかった。

「がっつきすぎなんじゃないですか」

くすくすと笑う庸にアズィーズの目が細められる。

「その減らず口を塞《ふさ》いでやろう」

不敵な笑みを浮かべながら、獰猛《どうもう》な獣のように庸の唇をいきなり奪った。

「ん……んんっ」

不意の情熱的なキスに庸は翻弄される。

体ごと蕩かすような口づけに溺れながら、もしこんな出会い方をしていなかったら、すぐに恋に落ちてしまったかもしれない。それほどこの男は美しく魅力的だった。褐色の肌を持つ、鋭い目の野性的な王子。同性の自分から見ても体が戦慄《おのの》くほどの美しさを持つ彼に――。

互いに体をまさぐりながら口づけに夢中になっているうちに、浴槽の際までやってきたらしい。ふとした拍子にお互いバランスを崩し、足を滑らせた。

「うわっ」

「庸！」

アズィーズが庸を抱き寄せたが間に合わず、二人で湯船の中に飛び込んでしまう。ざぶんと音を立て、大きな水しぶきが上がった。

いきなりのことに庸はじたばたともがいた。湯はそれほど多い量ではないが、その分、頭を打っていないかと心配される。

「庸、大丈夫か」

アズィーズはしがみついていた庸をゆっくりと抱え直した。浴槽から引き上げられて、クッションのたくさんある四阿へ連れていかれる。

濡れたままだったがクッションにゆったりともたれかかり、ようやく一息つく。

「ええ……頭も打っていないし大丈夫。……びっくりしたけど」

「それならいい。悪かった」

「いえ、いいですよ。どうせお風呂に入りますから。脱いでしまえばいいことでしょう?」

苦笑いを浮かべて言うと、アズィーズは「そのままでいい」と言い出した。

「え?」

するとアズィーズは平然とした口調で続ける。

「その格好はずいぶんと扇情的だ。もしかしてわざと水の中に落ちたか?」

にやりと笑われ、庸はムッとする。

「そんなわけないでしょう。それに扇情的って、別に」

ただびしょ濡れになっただけだ、と思いながら言い返すとぐっと腰を引き寄せる。

「十分に俺を誘ってるが?　そのいやらしい乳首とか」

アズィーズの言葉に庸ははたと自分の胸へ視線を走らせた。

もともと来ていたカンドゥーラは白い。そしてそれほど厚い布ではなかった。それが水で濡れ、すっかり体に貼り付き、何もかも透けて見えてしまっている。

体のラインはもちろん、既に男に愛されるかたちになっている乳首がくっきりと浮き出されていた。

「……欲しい?」

「もちろんだ」

SUI AWAJI

淡路 水の本

ダリア文庫

きみの手をたずさえて

イラスト／明神 翼

虎王は花嫁を淫らに啼かす

イラスト／北沢きょう

熱砂の王子と偽りの花嫁

イラスト／北沢きょう

ダリア文庫は毎月13日頃発売

彼の片手が庸の腰をがっちりと抱え込み、そしてもう片方の手で、胸元を探る。

「……ん」

そうして指先が布地をつんと押し上げている乳首に触れた。

「あ……っ……」

布地越しだというのに、ピリッという刺激を覚えて庸は声を上げた。

「いい声だ」

他より皮膚の薄いその箇所は、敏感に刺激に反応してしまう。さらにアズィーズの頭が庸の胸元まで下りてきた。そして唇で布ごと乳首を食《は》むように咥《くわ》えた。

「……あ……ぁ……」

やわらかい唇で食まれたかと思うと、じゅっと吸われる。また、舌先で乳首をつつかれ、ねろりと舐《な》め上げられた。

「あぁ……ん……ぁ……」

片方の乳首を吸われ、もう片方はアズィーズの指で器用に捏ね回される。

布地ごと乳首を摘《つ》ままれると、乳首に繊維が擦れ、くすぐったいような甘い疼きが体に走った。

男性の乳首は痕跡器官でしかないのだが、立派に性感帯として機能している。乳首への刺激はダイレクトに性器へと繋がっている。

それが証拠とばかり、与えられる気持ちよさにさらなる刺激を求めて庸はアズィーズへと胸を押しつけた。布地越しがもどかしく、直接触って欲しくなる。

「気持ちいいのか」

アズィーズがくすりと笑った。

「ああ……気持ちいい……。もっと触って……ねえ」

「素直だな、お前は」

アズィーズは庸の着ているカンドゥーラのボタンを外し、胸元をはだけさせる。

「ここも素直だ。触って欲しくてこんなに突きだして」

そう言いながら、アズィーズは尖った乳首に吸い付く。芯を持って、じんじんと疼くそこにざらついた彼の舌があたると、甘い息が口から漏れた。

「ん……っ……ぁ……あぁ……」

庸の反応に気をよくしたのか、アズィーズは今度は突起の先に軽く歯をあてて擦ったり、また乳輪ごと吸っては舌で舐め転がしたり、乳首ばかりを愛撫する。

だが片方ばかりを弄られて、もう片方は置き去りにされている。触れられもしないもう一方の乳首はただ熱を持て余して、せつなく疼くだけだ。

ゆるゆると腰を動かして、甘い苦痛をやり過ごすだけだった。

「どうした。腰が動いてるぞ」

くくっ、と意地悪な笑みをアズィーズがこぼす。

「だって……あなた焦らすから」

早く、と懇願すると「早く、なにを？」と耳許で低く囁かれる。耳にあたる彼の吐息すら感じてしまっていた。

「して欲しいことはちゃんと言え。でないといつまでもこのままだ」

このまま、いつまでも片方の乳首だけ愛撫されたら、気がおかしくなってしまいそうだった。

庸はクーフィーヤが外されたアズィーズの髪の毛をぐしゃぐしゃと掻き回す。

「……こ……っち、も……さ、さわ……って……」

とうとう庸は弄られていないほうの乳首をアズィーズに差し出すようにして突き出した。

「ああ」

言うなり、アズィーズは差し出された乳首に歯を立てた。そうして庸の赤く熟れた小さな果実をカリッと噛む。

「ああっ……！　あ、あ……んっ、……あぁ……」

いきなりの強い刺激に庸は声を上げる。射精はしなかったものの、駆け抜ける快感に庸は背を反らせた。

「ここもぐちゃぐちゃだな。いやらしいやつめ」

濡れた服に貼り付いた庸の膨らんだペニスが、淫らな形を露にしていた。アズィーズの指先が形を強調するようになぞって撫でてゆく。

「……だって体が気に入ったんでしょう?」

「まあ、そうだな」

「……適当な返事」

呆れたように返すと、「なんだ不満か?」と顎を取られ、唇を奪われた。

激しい口づけに息が止まりそうになる。むしゃぶりつくような口づけに、アズィーズも興奮しているのだと庸は感じた。しかも抱き竦められているせいで、彼の硬くなっているものが、庸の下肢へ押しつけられている。

「……ん、んんっ、……」

浅ましいのは自分だけではないのだ。

そう思うと目の前の男がひどく愛しくなる。こういうとき、庸はうっとりとした陶酔感を味わう。欲望の前では身分の上下はないに等しく、ただの動物となって愛し合う——自分の体に溺れていく男を征服しているような気分になるこの行為はなにものにも代えがたい。

「……おまえのその淫らな顔を見てたら私も我慢できないな」

唇を離すとアズィーズの手のひらが、背から腰へ滑り落ち、尻をまさぐる。

そうして庸を俯せにさせると尻だけを高く掲げさせた。

「足をきつく閉じて」

するとアズィーズが庸の濡れたカンドゥーラをたくし上げ、尻を剥き出しにさせる。

庸からは見えていなかったが、どうやら侍女のひとりがなにかをアズィーズに手渡す。するとすぐにいい香りがふわりと鼻腔をくすぐった、と思うまもなく、なにかが庸の太腿《ふともも》へ塗りつけられる。

「……？」

ぬるりとした感触に香油か、と納得する。

アズィーズは庸の腰を抱え込むなり、閉じられた腿と腿の間に彼の滾ったものを差し込んできた。

「しっかり閉じていろ」

パンと手のひらで尻を軽く叩かれる。

「あ……んっ」

ジン、と痺《しび》れるような刺激はセックスのスパイスだ。軽い痛みは快感に繋がる。庸はその刺激で尻をアズィーズへさらに突き出した。

「あっ！」

ぬっ、ぬっとアズィーズのペニスが腿の間を行き来しだした。

彼の滾ったものが行き来するたび、庸の陰嚢やペニスの裏筋を擦る。粘膜とは違う、皮膚で感じる彼のペニスの感触と、そして実際彼自身のものが庸の目に映る様がひどく淫猥《いんわい》だ。

庸の股間から突き出されるアズィーズのペニスからは先走りの雫《しずく》が染み出ており、腿に塗られた香油と相俟《あいま》って、グチュグチュといやらしい音を立てていた。

「……ぁあ……あ……ぁ……」

赤黒く逞しいアズィーズのペニスを目にしながら、これが自分の中に入って動き回っていたことを思い出し、この淫らな光景に体中の血が沸騰してしまうほどの興奮を覚えた。

「おまえのも我慢がきかないと見える」

気がつくと、庸のペニスからもとろとろと透明の蜜が零《こぼ》れている。

「握っていろ」

アズィーズはそう言って、庸自身のペニスの根元をゆるく支えているようにと命じた。

その手の中を目がけてアズィーズの大きく太いものが入ってくる。そうするとちょうど庸のペニスと一緒にアズィーズのものも握り込むようなかたちになり、快感がより一層強くなった。

「あ、あ、あ……ぁ……あっ」

腰を振り、アズィーズと庸のものが混ざり合った蜜が手のひらをぐちゃぐちゃに濡らす。

後ろには入れられていないというのに、尻に腰があたる音を聞きながら、尻の狭間から陰嚢を刺激され、庸自身のペニスを擦られ、もはやなにを言っているのか自分でもわからなくなる。

アズィーズが動くたびに、愉悦に体を悶《もだ》えさせて、庸は喘ぐ声を止められなかった。

「気持ちいいか、庸」

アズィーズの声を鼓膜の端で捉え、庸はただコクコクと頷くだけだ。そろそろ庸自身も絶頂が近くなっていた。

「……ぃや……、あ、イく……イキた……」

イキたい、とねだる庸にアズィーズは「イってもいいぞ」とペニスの先の割れ目に爪を立てられる。敏感な場所に痛みにも似た刺激を与えられて庸は一際高く声を上げた。

「ぁ、アァッ……ぁ――ッ！」

ガクンガクンと背を震わせ、庸は白いものをペニスの先から飛沫《しぶ》く。庸の背を掻き抱いて、アズィーズも彼自身の熱いものを迸《ほとばし》らせた。


「見てください！　父上！」

ルトフィーが無邪気な笑顔でアズィーズに駆け寄り、紙で作った手裏剣を見せる。

すっかり庸とルトフィーは仲よくなり、食事も本来ルトフィーは別棟にある彼の部屋でとらなければならないのだが、庸と一緒に食卓を囲むことも増えていた。

ルトフィーの勉強もあれ以来しっかり身を入れるようになっていて、彼の家庭教師にも褒められることが多くなったという。

ラウーフにも「庸様がいらしてからルトフィー様がよく笑うようになりました」と言われるほどだ。

そんなわけで、今日もルトフィーは庸の部屋で過ごしていたのだった。

「なんだ、これは？」

アズィーズが首を傾げた。

「ニンジャの武器ですって！　シュリケンっていうの」

いくつも作った手裏剣を両手に広げて、自慢げにアズィーズに見せるルトフィーは五歳相応にはしゃいでいる。屈託ない笑顔がとても可愛かった。

アハダルの子供が果たして忍者を知っているかどうかわからなかったが、日本といえばやはり忍者だろうと昔の記憶を頼りに、紙を折って手裏剣を作ってみた。折り鶴も作ったが、ルトフィーには手裏剣のほうが好みだったらしい。彼が喜んでいるようでほっとした。

「ほう」

感心したようにアズィーズがひとつ手裏剣を取り上げて、庸へ視線を向けた。

「おまえがこんなに子供好きだったとはな。意外なことだ」

「俺もびっくり」

あはは、と庸が声を上げて笑った。

本当に自分でも驚いている、と庸はこれまで知らなかった自分の一面を改めて知る。

小さな子なんか、日本にいるときにはまるで興味を示すこともなかった。ゲイである自分には子供はつくれないし、縁がないと思っていたから。

「それにしてもこんなにルトフィーが懐くとは思わなかった。あれは人を見る目に長《た》けている。邪《よこしま》な気持ちの持ち主ではあれは絶対に心を許さないからな」

目を細めてルトフィーを見るアズィーズはやさしい父親の顔をしている。

こうまで穏やかな表情の彼を見るのははじめてかもしれない。

「そうなの？」

「ああ」

「へえ、ってことは俺は合格だったわけだ」

「そういうことになるな。あれのお眼鏡にかなったわけだから」

ルトフィーの態度が人を見る上でのひとつの判定基準になっているとアズィーズに言われ、なるほど、と思った。確かに子供というのは鋭い。また、こういう場所に育ったルトフィーはよけいに大人のもくろみなどに敏感になっていったとしてもおかしくはなかった。

「そっか」

視線を移すと庸が作り方を教えた手裏剣をルトフィーは次から次に折っていた。

ラウーフがあちこちからいらない紙を掻き集めてくれたおかげで、色とりどりの紙がたくさんある。

「おいおい、これじゃあ、宮殿中があれでいっぱいになってしまうぞ」

アズィーズが苦笑しながら言うものの、その声はとてもうれしそうだ。

「本当だ」

放っておくといつまでも作っていそうなルトフィーを見て庸も笑う。

「父上、父上も一緒に作りましょう」

ルトフィーがアズィーズを見上げて明るい笑顔で誘う。

アズィーズはいくらか困惑したような顔を見せていたが、庸が「可愛い息子の頼みもきけないの？　それとも王子様は、息子が誘っているのを断るような心の狭さしか持ち合わせていないわけ？」とちくりと刺すと、大きく息をついて肩を竦めた。

「ああ、わかった。ルトフィー、私に作り方を教えてくれ」

「はい！　父上、こちらに来てください！」

ルトフィーが手招きをしてアズィーズを紙束の置かれたテーブルへ案内する。

「巻き込んだのはおまえだからな。おまえも一緒に来い」

「はいはい」

くすくすと笑いながら、庸も後からついていった。

まったく砂漠の国で折り紙をするなんて思ってもみなかった。

庸は今のトンチキな状況を笑う。

「すごい！　すごいです！　こんなにたくさん！」

ラウーフが用意してくれた箱にいっぱいになるくらいに作った手裏剣を入れ、ルトフィーはご満悦な様子だ。

「ラウーフも見て。ほら、こーんなに大きなのも作ったの。父上と、それとね、庸も一緒に。庸はすっごく上手なの。もっとすごいのが作れるんですよ」

よほど楽しかったのかぴょんぴょん跳ねながら、ルトフィーはラウーフにも見せびらかしている。

「とても上手に作れましたね」

ラウーフはそう言いながら、ほんの一瞬目元を拭っていたのを庸は見逃さなかった。

「そうでしょう？　ラウーフにもひとつあげますね。ここにお星様がついているんですよ」

「なんてもったいない。ありがとうございます。本当にきれいに作れましたね。ラウーフの宝物にいたします」

「うん！　今度また庸に違うのを教わることになっているの。そしたらまた見てくれる？」

「もちろんでございますよ。さあさあ、お疲れになったでしょう。ラウーフがお菓子を用意して参りますから、一息つきましょう」

「うん！」

だがルトフィーが返事をしたと同時に、迎えがやってきてしまった。

これからは勉強の時間だ。これまで以上に頑張るということでここへやってくるのを許されているから、約束は守らなければならない。

彼自身もそれをよくわかっていて、名残惜しそうにはしているものの、毅然として「ではぼくは戻ります」とにっこり笑って、迎えに来た侍女と一緒に部屋を出て行った。

「どうした」

ルトフィーの背中を見送っていると、アズィーズに声をかけられた。

「いや、別に……大変だなって」

「なんだ唐突に」

「お金がないのも不自由だけど、ルトフィーも結構不自由だなと思ってね」

「あの子はそういう運命に生まれたのだから仕方がない」

「……そうだね。運命、か。それじゃあ、俺がここに来たのも運命なのかな」

「そうかもしれないな。なにしろ偶然が重なった」

はは、とアズィーズは大きな笑い声を上げた。

「あーあ、この手裏剣が本物で、俺は忍者で……そしたらここからするっと逃げ出せるのに」

ルトフィーと一緒に作った折り紙の手裏剣を指で摘まんで、アズィーズの目の前でひらひらとかざしてみせる。

「逃げてもらっちゃ困るな。それに逃げ出してもすぐそこはもう砂漠だぞ？　おまえなどあっという間に干からびてしまう」

　アズィーズに手首を掴まれ、抱き寄せられる。

「じゃあ、逃げないようにちゃんと捕まえておいてくれないと。砂漠で干からびるのは俺も絶対嫌だな。――あ、そういや砂漠ってちゃんと見たことなかった。ねえ、あなたと一緒なら外に出てもいいんだよね？」

「なんだ、おねだりか？」

「そろそろ外の空気が吸いたいなって」

「そうだな。ちょうどいいオアシスがある。たまにはそこで夕食もいいか。――ラウーフ出かけるぞ。庸の支度を手伝ってやれ」

　はい、というラウーフの声が聞こえ、アズィーズは「あとで迎えに来る」と部屋を出て行った。


　大型の四輪駆動車に乗せられて、宮殿から砂漠へと走っていく。

　まともに意識のあるうちに外から宮殿を見たのははじめてだ。自分が今いる宮殿がどれほど美しいものかをまざまざと知らされる。

白亜の建物を手入れの行き届いたナツメヤシが囲み、前庭には大きな噴水の豊かな水が空に弧を描いている。光を受けて輝く水飛沫《しぶき》が目に眩しかった。

門を出て、街を通りすぎ、砂漠へと向かう。

建物がなくなると同時に道もなくなり、あとは右を見ても左を見ても、赤茶色の砂が広がっていた。

空と砂しかない風景に庸は圧倒される。ここには水が一滴もない。

どこまでも同じだとじっと見ていると、砂はけっしてその場に同じ形で留まっていないことに気づく。風が吹くと緩《ゆる》やかに、流動的にその形を変えて新たな形を作る。そこにあった小さな山はいつの間にか崩れ落ちて別の山を象《かたど》っていた。

舞い上がる砂埃《すなぼこり》にあたりの景色が紗をかけたように曖昧《あいまい》になる。車の中から見るだけでもこんなにもいろんな表情があるのだとはじめて知った。

「降りてみるか?」

アズィーズに聞かれ、庸は頷く。

車から降りて、熱い砂の上に降り立った。

地平線の彼方まで遙かに続く砂だけの世界。風が作り出す風紋は刻一刻と変わっていく。そこにあるのは風の音と他は静寂だった。

一歩踏み出すと、サンダルと素足の間にサラサラとした砂の粒を感じた。

クーフィーヤがなければ太陽の光は遮られないし、ちょっと風が吹くだけで砂埃が目や口や鼻に入ってしまうだろうと思われる。なるほどただの布きれというわけではなく実用的なのだと感心する。

民族衣装というのはその地に生きる人々の暮らしそのものなのだろう。このカンドゥーラもクーフィーヤも、砂漠に生きる人々に最適化された衣服なのだろ改めて実感した。

一瞬たりとも同じ姿を見せない、たゆたうようにその形を変えていく砂の上にじっと立っていると、自分もこの景色に溶けてしまう気がする。砂漠の中にある砂の一粒にでもなったようなそんな錯覚に陥った。

「どうだ」

隣にアズィーズが立っている。

「……すごいな。すごい。――この砂はどこから来て、どこへ行くんだろう」

庸がぽつりと口にすると彼はなにか詩の一節を詠《よ》む。

風のように我知らずどこかへ、というような言葉のそれは庸の心に響き渡った。

「それは?」

「有名な詩の一節だ」

アズィーズはそう言って、もう一度繰り返した。

ここに立っていると、本当に自分が砂になり、風に乗ってどこかへ行ってしまってもおかしくないとさえ思えた。

「さあ、行くぞ。ここにずっといたら焼け死んでしまう」

車に乗れ、とアズィーズに言われ、車に乗り込む。

凹凸《おうとつ》の激しい砂の地を車で走るというのはかなりきついものがある。ひどい山道をずっと走っているようなものだ。車の運転手はかなり庸に気を遣って走らせてくれているものの、慣れていない庸は車酔いしそうになる。

「大丈夫か」

水を、とアズィーズに差し出され、受け取って一口飲む。

この水は本当に彼らにとっては、もしかしたらこの砂の下に埋まっている原油なんかより貴重なものなのかもしれないと乾いた景色を見ながらありがたく飲み込んだ。

「あ――」

やがて目の前に鮮やかな緑の木々が見えてくる。

「あれがオアシス？」

「ああ。カウス・クザハと我々は呼んでいる。虹という意味だ」

虹、と名付けられたオアシスはその名のとおり緑だけでなく青々とした水をたたえた小さな湖と様々な色の花々が咲き乱れていた。

「庸、こっちに来い」

呼ばれてアズィーズの側へ行くと、彼は遠くを指さした。

湖のほとり、木々の合間から遠くに見える砂漠——それはとても幻想的でかつとても美しい景色だった。しかも徐々に日が落ちていく中、砂ばかりの景色は変わらないのに、空だけが色合いを変えていく。青い色から茜《あかね》色へと変わり、そして紫色へ。じきにそれは群青《ぐんじょう》色となって、星の瞬きが加えられる。

ごくごく僅かな時間に見せられた、その景色のことをきっと庸は一生忘れないだろう。

夢のようだと庸がうっとり見つめている間、アズィーズはなにも言わずただ黙って庸の隣で同じように同じ景色を見つめていた。

「満足したか？」

日が落ちきった後、ようやくアズィーズが口を開く。

「ええ！　ええ！」

どんなに美麗な言葉を綴っても、今自分が見ていたものを表現はできないだろう。自然の雄大な美しさを前にしては、どんな言葉も陳腐に思えた。

「上を見ろ」

言われて見上げると、空にはあまたの星がきらめいている。

星空なんて、最後に見上げたのはいつだっただろう。

満天の星空を眺めながら、感嘆の息をつく。

それはあまりにも壮大な光景だった。

「……ありがとう」

庸は素直にアズィーズに礼を述べる。

「なにがだ」

「こんなに美しいところに連れて来てくれて」

アズィーズは「たいしたことではない」と微笑みながら、庸の腰を抱く。彼の瞳に自分の顔が映し出され、庸はゆっくりと目を閉じた。


いくつかの大きなテントが設えられ、野営が張られる。

どうやら今晩は、ここに泊まることにしたらしい。

松明《たいまつ》が焚かれ、豪奢な絨毯の上にローテーブルと数々の美しいランプが置かれる。あっという間にたくさんの皿が並べられて食事の支度も整ってしまった。

見事な手際だ。

たくさんのクッションのある場所に庸とアズィーズは座らされ、食事を勧められる。

外で食べる食事はことのほか美味しく思えて、庸はぺろりと平らげてしまった。

食事の後はテントの中でくつろぐ。茶の用意もされており、風の音を聞きながら、ゆったりと流れる時間を楽しむ。

「おまえにこれを」

アズィーズが庸の首になにかをかけた。

「これは……？」

それは見事な首飾りで息を呑むほどの美しさの中に高貴さも潜ませている。大珠の真珠をたっぷりと使い、さらに大粒のルビーにエメラルド。宝飾店に並んでいたら、どれだけの高値がつくのだろう、と庸は溜息をつく。

「私のフィアンセである証《あかし》と思ってもらって構わない。――これは陛下が私の母に贈ったものでね」

「そんな大事なものを……？」

「だからだよ。これを私が贈ったことで、誰もおまえのことを疑わなくなる。おまえが持っていろ」

それはそうだろうとは思うが、このような高価なものが手元にあってはさすがに気後れする。とはいえ、これが身分を保証してくれると彼が言うのなら預かっておこう。

「わかった。じゃあ、預かっておくよ」

そう答えるとアズィーズはくすりと笑った。

「なに？」

「いや、おまえはこれを私からのプレゼントだとは思わないのだなと」

「そりゃそうでしょ。偽のフィアンセのためにこんな大切なものプレゼントするって思わないでしょう。普通」

「まあ、おまえがそう思うのならそれでいいが」

アズィーズはどこかおかしそうに笑う。

「だって、こんな大きなルビーもエメラルドも美術館に行ったたって見たことがないもの」

すごい、と感嘆の息をつく。

コーランには、死後、天国へ行くと、ジャンナという「永遠の楽園」に住むことを許されるということが記載されているらしい。ジャンナは八つの庭園からなっており、その中に白真珠でできた「荘厳の住まい」、赤いルビーでできた「平安の住まい」、また緑のエメラルドでできた「避難の庭園」など、その他五つの庭園があるようだ。

この首飾りに使われている宝石が真珠とルビーとエメラルドということは、もしかしたらジャンナをモチーフとしているのかもしれなかった。

「ホント、あなたたちって、なにもかもスケールが大きすぎて俺にはついていけないよ。今だって、オアシスに行くっていうから、てっきりピクニックのようなものかと思ってたけど、思ってたのと全然違った」

笑いながら、茶の入ったカップを手にする。

「ピクニックだろう？」

「そうなの？」

「ああ」

当然という顔をするアズィーズに、確かに王族ならこの程度はピクニックなんだろう、と庸も納得する。もうなにがあっても驚かなくなっていた。この大仰《おおぎょう》さにいちいち驚いていたらここでは心臓がいくつあっても足りない。

「ピクニックならルトフィーも一緒に連れてくるんだったかな」

「なんだ、またルトフィーか。おまえはフィアンセの私を差し置いて、ルトフィーのことしか気にしていないみたいに思えるが」

「なんだ、またやきもち？」

「二人でいるときに他の男の話をしないでもらいたいね」

そう言って、アズィーズは庸の体を押し倒す。庸はアズィーズへ手を伸ばし、彼の髪の毛をさらりと撫で、くせのあるその髪のひと束をくるくると指に巻きつけた。

「だったら、他の男の話ができなくなるようにしてよ」

庸の挑発するような言葉にアズィーズはにやりと笑う。

「そんな減らず口もたたけなくしてやる」

そのまま庸はアズィーズの唇で唇を塞がれる。途端に体が熱くなっていった。

角度を変え、何度も深い口づけを受ける。

――砂の……。

キスの合間、深く息を吸い込むと、アズィーズの体から強く砂の匂いを感じた。

昼間踏みしめた砂の感触を思い出す。さらさらと崩れ、流れていくあの――。

この匂いは彼のもので、そしてこの土地のもの。

そしてこの匂いに自分は欲情している。

「アズィーズ……来て……」

自ら脚を開き、彼の逞しいものを埋め込んで欲しい場所を指で開く。

「欲しがりめ」

そう言うなり、彼は庸の中へ滾ったものを突き入れる。

「あぁ……っ、ぁ……ん」

体の奥にアズィーズを受け止めて喘ぐ声は風の音に紛れて消えていく。

テントの中を灯《とも》すランプの光がいつまでも淫らに蠢《うごめ》く二人の姿を照らし続けていた。

「殿下、ですからわたくしは、無理はなさいませんようにと申し上げておりましたのに」

ラウーフがアズィーズに向けてこんこんと説教をしていた。

結局、オアシスから帰ってきて疲れ果てた庸は熱を出してしまった。

慣れない砂漠だった上、朝までアズィーズと抱き合っていたのだから自業自得といえば自業自得なのだが。

車酔いも激しく、脱水症状一歩手前、といったところで帰ってくるなり医者を呼ばれてしまった。とはいえ、すぐに点滴などの手当てを受けたこともあって、今はもう平気なのだが、ラウーフの心配ようといったら大変なものだった。

しかも次にはアズィーズに向かって、説教をはじめる有様だ。

「ラウーフ、あの……もう、いいから……。俺も悪かったし……その……」

テントでのセックスは自分から誘ったも同然だったし、それから朝まで盛り上がったのも、またやめられなかったのも、自分の体を過信したことと、それから快楽を欲したためだ。

——だっていいんだって、アズィーズのセックス。

こんなふうに倒れてなお、ゆうべ彼に愛されたことを考えると体が熱くなってしまうほどだ。

だから、倒れたのは自分の責任である。

そう思って、庸は取りなすように二人のやりとりに口を挟んだが、キッ、とラウーフに睨まれる。

「いいえ！　こういうことはきちんといたしませんと。ご負担がかかるのは庸様なのですからね。もっとご自分を大事になさいませ」

大層な剣幕でラウーフは庸にそう言うと、またすぐにアズィーズのほうへ向き直った。

「いいですか、殿下。ラウーフは常々申し上げているではないですか。庸様は現在殿下のフィアンセなのですよ。いずれは殿下の奥方になられるお方です。そんなことでは、早々に庸様に愛想を尽かされてしまいますよ」

ラウーフの言葉を聞きながら、庸の胸がチクリと痛んだ。

ラウーフが心から庸を歓迎してくれていることはわかるのだが、それはおそらく庸がフィアンセになった本当のいきさつをアズィーズから聞かされていないために違いない。

どこまでラウーフは聞かされているのだろうか。本当のことを聞いてなお庸をこうして歓迎してくれるのかどうかといえば疑問である。

それを思うと、ますます胸の痛みが広がるような気がした。そしてその痛みが、ラウーフに対する後ろめたさなのか、それともまた別の理由によるものなのか。

なにより、いくら彼とのセックスがいいと言っても、なぜこんなに自分は彼に溺れているのだろうか。

これまで抱いたことのない感情に庸は少し戸惑っていた。

「わかった、わかった、ラウーフ。庸をこんな目に遭わせたのは俺が悪い。反省するからもう勘弁してくれよ」

　ラウーフを前にしていると、あのアズィーズがまるで子供のように見えてくるから不思議だ。先生に叱られている生徒といったところか。

　なんとはなしに微笑ましい光景に思えて、庸の口元が知らずに緩んでいた。

「さしものアズィーズもラウーフにはかたなしだな」

　茶化したように言うと、アズィーズは困ったように笑う。その顔はこれまで庸が見たことのない、取り繕ったところのまるで見られない素のままの表情だった。

「庸、見ているだけじゃなくて助けろ」

　ラウーフの小言にやれやれといった風のアズィーズが庸に助けを求めてくる。

「もう許してあげて、ラウーフ。俺ならもう平気だから」

　庸がとりなすように言うと、ラウーフは「そうですか。庸様がそうおっしゃるなら」とふうと大きく息を吐いた。

「いいですか、殿下。今日は庸様に免じてここまでにしておきますけれど、次同じようなことがあったら、殿下には当分ここへおいでいただくことを禁じますからね」

　いいですか、と念を押され、アズィーズはわかったと渋々頷いていた。

4

「食事はまだ無理ですか？　庸様」

やっと食欲は戻ってきたが、それでもまだ本調子ではない。

「うん。さっき点滴をしてもらったから、もう少し後にしておくよ。ありがとう」

「そうですか。では、お腹が空いたらいつでもお申し付けくださいね。フルーツを置いておきますので、召し上がりたくなったらどうぞ」

そう言って、ラウーフは代わりにとフルーツを持ってきた。

「オレンジがあるんだ」

庸はオレンジを切ったものを見て、目を輝かす。柑橘《かんきつ》類は庸の好物だ。

「オレンジが好きなのか」

アズィーズがその皿からひょいとオレンジを摘まみ上げ、それを口に放り込んだ。

「え？　あ、ああ。そうだね。甘酸っぱくて爽やかな気分になるし。それにみかんが好きだから」

「みかん？」

アズィーズが首を傾げた。

「日本のオレンジだよ。俺の生まれたところはみかんの有名な産地だったから、みかんばかり食べてた」

「みかんというのは食べたことがないな……。おまえが好きだというなら旨いのだろう。俺も食べてみたいものだ」

意外な言葉に庸は目を丸くした。

「みかんは冬の果物だからね。そうだな……あと半年もしたら」

「そうか。では一緒に食べに行こうか。おまえと私とそしてルトフィーとで」

楽しみだ、とアズィーズは言ったが半年先のことだ。約束したところで叶うとも思わないが、庸には頷くしかなかった。

「庸……？」

扉の陰から小さな頭がひょっこりと覗く。

「ルトフィー」

小さな訪問者に庸は「おいで」と手招きをする。

タタタ、とルトフィーは庸の寝ているベッドまで駆けてきた。

「庸が倒れたって伺いました。大丈夫ですか？」

心配そうな顔のルトフィーを安心させるように庸はにっこりと笑う。

「ん、もう平気。心配かけてごめんね」

ルトフィーの頭を撫でてやると、彼はいくらか安心したように、笑顔を戻した。

「父上、今日は庸と一緒にいていいですか？　ぼく、庸のお世話がしたいです」

ルトフィーがアズィーズの顔をじっと見て、頼み込む。

アズィーズは苦笑しながら、「わかった。許してやろう」とルトフィーに答える。

「ちゃんと庸の面倒を見ていなさい」

「わかりました。お任せください」

張り切って返事をしたルトフィーはそれからラウーフと一緒にちょこまかと動き回っていた。

そんなふうに皆で過ごしてしばらくした頃だ。

「殿下がこちらにいると伺ったのだが」

大きな声を出しながら、食事の場に現れた者があった。

「なんだ、ナジム。今日はもう仕事はやめだと言っておいただろう」

声のほうへ振り向くこともなく、アズィーズは静かにそう言った。

「わかっております。しかし、携帯の電源を切っておられましたゆえ、連絡をつけるには私がここへ直接参るしかありませんでした」

ナジム、と呼ばれた男は、そう言いながら庸のほうを見遣った。

——ん……？

睨まれた、と思ったのは気のせいだったのか。

（いや、あいつ俺のこと睨んでたな……。なんでだ？）

ナジムの目は冷たい輝きを放っており、明らかに庸に対して好意を抱いていないふうに見受けられる。

庸はまじまじとアズィーズと話をしているナジムを見た。

きれいな男だ。アズィーズのような男らしい美しさ、ではなく、どちらかというと中性的な美貌である。

クーフィーヤから覗く光沢のある長い黒髪に切れ長の目が、なんとも艶《なま》めかしい印象をつくっていた。背が高く細身ではあるがしかし、か弱そうな印象はどこにもない。

しなやかな背をすっと伸ばし、立ち姿も実に美しかった。

(中東の男性では珍しいタイプの美形だな)

「庸、この者はナジム。私の側近だ」

アズィーズにナジムを紹介される。要するに秘書のようなものらしい。

「ナジムと申します。お見知りおきを」

慇懃《いんぎん》な態度で庸に挨拶をしたものの、彼の冷たい視線はそのままだ。

(ふうん……)

あまり心を開いてはいけないタイプだと直感したが、これでもビジネスマンの端くれだ。とびきりの笑顔で庸は彼に「日生と申します。よろしく」と握手を求めた。

一瞬彼の眉間に皺《しわ》が寄ったが、すぐに極上の笑顔を貼り付かせ、握手に応じる。

(態度に出しすぎだって)

彼が庸を面白く思わないという気持ちはなんとなくわからないではない。どこの馬の骨ともわからない男をこうして宮殿の中に入れている。しかもアズィーズは庸をどのようにナジムに説明しているのかは知るよしもないが、立場上はフィアンセということになっているのだ。

「殿下、では彼が」

思いっきり不快な顔をしたのをアズィーズに見せないようにしながらナジムが口を開く。

「ああ、そうだ。私の愛しいフィアンセというわけだ。おまえもそのように接してくれ」

「かしこまりました」

口は殊勝だが、態度は最悪だ。

庸のほうを見ながら、声に出さずに「この淫売」と唇を動かした。おそらく庸がアラビア語は苦手だというのを聞いていたのかもしれない。しかし庸もこのところルトフィーやラウーフの手ほどきでぐんぐんアラビア語は上達している。

もとから語学は得意なこともあって、ごく最近ではスラングめいた言葉も理解できるようになっていた。

(うっわ……こいつ、最悪)

声には出さなかったものの、蔑《さげす》まれる言葉を吐かれて、庸はカチンときた。

とはいえ、そんなことくらいでへこたれるようなやわな神経は持ち合わせていない。それにここの暮らしにも慣れてきた。このくらいの刺激はあったほうがいい。俄然面白くなってきた、と庸は売られたけんかを買ってやろう、と内心でほくそ笑んだ。

(ごめんね。俺って結構性格悪いんだよね)

もとより負けん気の強いたちだ。そっちがその気ならこっちも、とにこやかな笑みを浮かべつつナジムを睨む。

そんなふうに無言の対立があったことを知るよしもないアズィーズはナジムとなにやら話をしている。

「それは悪かった。しかし、用事ならラウーフに言いつけておけばよいだろう?」

「殿下！　今日は大事なお話があるとハーキム様がおっしゃっていたではないですか」

「ん？　そうだったか」

とぼけた顔で答えるアズィーズにナジムはいらつきながら受け答えをしていた。

はっきりと、てきぱきとした物言いから、ナジムが切れ者だということが十分に示唆《しさ》される。

それにナジムが入ってきたときアズィーズが叱らなかったことも、アズィーズが彼を信頼しているということが見て取れた。

二人の会話を邪魔しないようにと庸はその場を離れたが、ナジムが必要以上にアズィーズに寄り添っているのがわかる。

こちらの男性は手を繋ぐなど割に密なスキンシップを取ることがあるから、そういうものなのかもしれないが、違和感はある。あれではまるで恋人同士だ。

(俺には関係ないけど)

アズィーズが誰とどうしていようと知ったことではない。庸は素知らぬふりを決め込んだ。できるだけ聞かないようにしていたが、ときどき大きくなるナジムの話し声から、会話の内容がだいたい把握できてしまい苦笑する。

要は、アズィーズが庸にかまけて人と会う約束をひとつすっぽかしたということのようだ。叔父、という単語が聞き取れたから、その相手はアズィーズの叔父らしい。

(叔父って、宰相の？　ハーキム？)

アズィーズがハーキムを嫌っていることは、庸へスパイの疑惑をかけられたときに知ったことだ。嫌うのも道理で、王位を狙っていることを知って好きになることはまずあり得ない。

(それならすっぽかしたくもなる)

アズィーズとナジムの二人の会話がよく聞き取れないこともあって、ぼんやりとそんなことを思っているとアズィーズが溜息をつきながら席を立った。

と、同時に二人の会話もなくなった。

話に決着がついたらしい。アズィーズは庸の肩に手をかけるとまたひとつ深い息をついた。

「悪いが、出かけてこなければならなくなった。明日まで留守にするが、何かあればラウーフに言いつけておくといい」

アズィーズはそう言い置いて、部屋を後にした。

残された庸は黙ってアズィーズの背を見送る。

「大変だな、アズィーズも」

独りごちると「あなた、結構図々しい方なんですね。日本人はもっと謙虚で慎ましやかだと聞いていましたが」とせせら笑うような口調の声が背後から聞こえた。

アズィーズが去って、てっきり一緒に去って行ったものだと思っていたのに、まだナジムは部屋に残っていたらしい。

「なんのこと？」

「すっかりルトフィー殿下のお気に入りという話じゃないですか。アズィーズの次はルトフィー殿下？　どうやって手懐けたのか手管をお伺いしたい」

きれいな顔をしてゲスなことを口にするナジムへにっこりと笑いながら「あんたクズだな」と同じように汚い言葉で返した。

それを聞いてナジムは目を丸くさせた。日本人は口答えしないとでも思っていたようだ。

「悪いけど、俺は別にここに好きでいるわけじゃないんだよね。文句があるならアズィーズにどうぞ。彼が俺とどうしても結婚したいっていうからここにいるだけ。彼に早くこの国を出ようって言っているのに、なかなか踏ん切りつかないみたい。俺もしびれ切らしているんだけど。

どんな手管を使ったのか聞きたいならアズィーズに聞けばいいだろ？　きっと懇切丁寧《ていねい》に教えてくれるんじゃない？」

冷笑混じりの庸をナジムは鋭い目で見る。

「なるほど。ただのきれいなお人形さんではなかったということですか」

「あんたは俺のことを、ただのアズィーズの抱き人形って思ってたんだろ？　ごめんね。人形じゃなくて人間なんでね。言い返すことくらいするよ？」

皮肉を皮肉で返した。意地悪をされるとされるだけ、庸の頭は冷えてゆく。

こういう人間にはよく遭遇する。

無視するのが得策なのだろうが、さすがにアズィーズだけでなくルトフィーまで引き合いに出されるのは腹に据えかねた。

ナジムという男がどんな男なのかは知らないが、先ほどのアズィーズへの無駄なスキンシップといい、アズィーズに好意を持っているのは間違いない。

側近と言っていたし、自分が仕える主人に得体の知れない者が側にいると思えばいらだちも強まるはずだ。だとしたらこの態度も納得がいく。

しかしそれとルトフィーのような小さな子――しかもアズィーズの子だ。彼までも貶《おとし》めるような発言はアズィーズの側近としてどうかと思う。結局黙っていられなかった。

するとナジムの口から、微かな舌を打つ音が聞こえる。

（わかりやすい人だな……よっぽど面白くなかったみたいだ）

この程度の応酬でいらだちを露にするというのは、こういった駆け引きに慣れてはいないのかもしれない。これだけきれいな男だ。それにアズィーズの側近でもあるし周囲もなにも言わないのだろう。

「ま、そういうことで当分ここにいるから。よろしく」

ナジムの舌打ちなどまるで気にしていないとばかりにしれっと言うと、彼はひときわ嫌そうな顔をしてみせた。

「……殿下がお決めになられたことですから。私には関係のないことです」

では、とこれ以上庸と話すことなどないというようにそっぽを向くナジムに庸は苦笑する。

取り付く島もない美しい青年はそのまま庸の顔など見ずに部屋から出て行ってしまった。

「お見事です。庸様」

ナジムと入れ違いに部屋に戻ってきたラウーフにそう言われた。

「え？　なにが？」

「よく、あのナジム様をやりこめました」

ラウーフは感心したように言う。

「そう？　大げさだなあ、ラウーフは」

「いえいえ、大げさではありませんよ。わたくしは胸のこのあたりがすっとしました」

ラウーフは胸の真ん中を撫で下ろす仕草をした。ややしかめっ面をしているところから見ると、どうやらラウーフはナジムが好きではないらしい。

「あの程度の嫌みくらい、どうってことないよ」

「庸様は意外とお強い方だったのですね」

「ま、それなりに苦労もしてきたから。……でも、少し大人げなかったかな」

「いえいえ。あのくらい言ってやったほうがいいんです。ナジムにはいい薬ですよ」

庸にとって、ナジムの第一印象は最悪といってもいいものだが、外国人相手ではこのくらいは当然受けて当たり前の態度だとも思っている。

だが、よほどナジムが嫌いなのかラウーフの口は辛辣《しんらつ》だ。いつもにこにことしているラウーフがこれだけ嫌いだという様子を見せているということに庸は驚いた。

「ちょっと気になったんだけど、彼とアズィーズってどういう関係？」

ラウーフの態度が気になって、庸は訊ねた。

「殿下がいらっしゃるときには言えませんが……」

苦虫を噛み潰したような顔をし、言いよどみながらも、ラウーフは続ける。

「その——ナジムにはくれぐれも気をつけて下《くだ》さい」

「どういうこと？」

庸が聞き返すと、彼はむっつりとした表情のまま「あまり大きな声では申せませんけれど」と大きな息を吐いた。

「あの者は裏切り者なのでございます」

「裏切り者、って」

いきなり物騒な言葉を口にしたラウーフに庸は驚いた。ラウーフとはごく短いつき合いでしかないが、それでも彼が人情味のある温厚で優《やさ》しい人柄だということはよくわかる。

アズィーズが彼には好き勝手なことを言うのを許し、さらに彼の前でリラックスしていたのがその証拠だ。だから、その彼がこうしてナジムを悪し様に言うというのは、よほどのことがあるに違いなかった。

「ナジムが裏切り者って、どうして？」

庸は聞いたが、ラウーフは口を噤んでおり、庸に答えを言うのを躊躇《ためら》っているように見えた。

「なにがあったのか、俺には聞く権利があるんじゃないかな。ラウーフも聞いていただろう？　あいつ、ルトフィーのことまで侮辱したも同然の口を利いていたんだよ？　俺のとばっちりでルトフィーになにかあったらどうするの」

庸がにっこり笑うと、ラウーフは意を決したように口を開いた。

「ナジム様は殿下の恋人でいらしたのです。といっても、ずいぶん前のことですが」

ラウーフの言葉に庸の目が丸くなる。

彼が過去にアズィーズの恋人だった、と聞かされ、さしもの庸も驚きを隠せなかった。

しかしナジムが恋人だったというのは、納得がいく。

あの過剰にベタベタくっついていたのも、それから庸を敵視していたのも、元恋人というなら理解ができた。

「なるほどね。それであれか……。まあ、お似合いではあるか」

確かにアズィーズとナジムが並ぶとかなり迫力があるだろう。

お似合いといえばお似合いだ。

「なにをおっしゃるんですか！　ナジムが殿下とお似合いだなんて！　とんでもない！」

ものすごい剣幕でラウーフが庸に噛みついてきた。

「だって、彼は美しいし――」

庸がそう言いかけると、ラウーフが途中で庸の話を遮った。

「庸様！　確かにナジムは美形かもしれませんけれど、殿下のお相手としてはまったくふさわしくありませんよ。さっきも言ったではありませんか。あの男は裏切り者だと」

ラウーフは不快を露にしている。彼にここまで嫌われるというのは相当ひどい裏切りを彼はしたということか。

「庸様、あの男は殿下を手ひどく傷つけたのです。ナジムは殿下と一生を添い遂げる約束をしておきながら裏切ったのでございます」

「どういうこと？　ナジムはアズィーズの恋人だったのに？」

「はい。ですが、それは王宮へ入り込むための奸計《かんけい》だったのです」

ラウーフは当時のことを庸に語って聞かせた。

五年ほど前、アズィーズは留学先のイギリスでナジムと出会ったのだという。彼の美しさにアズィーズのほうがナジムに熱を上げていたらしかった。アズィーズはナジムに熱烈に言い寄ってようやく恋人同士になったが、アズィーズがナジムを連れてアハダルに戻ると、彼の本性が現れたのだといった。

「ナジムは……殿下に国王陛下に会わせてくれるなら恋人になってもいいと言ったようです。そして殿下は約束どおりあの男と陛下を引き合わせたのですが、あの男は国王陛下へこう言ったのでございます。『父上』と」

え、と庸はぽかんと口を開けたまま言葉を発することができなくなった。

「え……なにそれ」

どういうことだ？

ナジムが国王のアル・カーディルに向かって『父上』と呼ぶなんて尋常ではない。

そしてラウーフは続ける。

「ナジムは自分が国王陛下の息子だと言い張っているのです。実は……庸様もご存じかもしれませんが、アズィーズ殿下は第五夫人のお子様でございまして、第五夫人というのはその……」

言いにくそうにラウーフが口ごもる。

「うん、わかってる。正式に婚姻を結んでいるわけじゃないってことだよね。要するにアズィーズは婚外子ということ。ってことでいいかな？」

「はい。そのとおりでございます」

「それとナジムとどう関係が？」

「国王陛下は、かなり恋多き方でございましたので、お出向きになられたところで束の間の恋といったこともままございました。ナジムは自分がそのお相手の子だと。確かに彼の母親とも国王陛下は関係されたようでございまして……血液型も一致しておりましたので、自分の子であると、国王陛下は彼をお認めになられたのです」

「じゃあ、ナジムとアズィーズは兄弟ってこと？」

衝撃的なことを聞かされ、庸は混乱を極めた。あまりに驚いて、上手く頭の中が働いてくれない。

ナジムはアズィーズの過去の恋人で、兄弟？

頭の中がクエスチョンマークでいっぱいになり、思考がストップしてしまった。

「そういうことです。ですが――」

ラウーフはまだなにか言いたげだった。

「念のため、DNA鑑定もなさって、彼が国王陛下のお子様であると一応は証明されたのですが、それにはわたくしには疑問が……」

DNA鑑定まで行って、親子であると証明されたというのに、ラウーフは納得していないようだった。

「ラウーフが疑問に思う根拠はなにかあるわけ？」

「ええ。彼が調査機関に手心を加えていた形跡がございます。彼も調査機関も否定していますが、わたくしにはそうは思えません。……殿下に申し上げましたが陛下がお決めになったことだからと聞き入れてくださいませんでした」

「じゃあ、彼も王子のひとりってことか」

「一応は。しかしながら、やはりわたくし同様に異を唱える者もおりますし、また、アズィーズ殿下でさえ次期国王として即位されることに反対する者もおります。ナジムはたとえ国王陛下のお子様として認められても、王位継承権はアズィーズ殿下の次となりますので」

複雑な内部事情があるとは聞かされていたが、まさかここまでとは。

「それはともかくさ、兄弟だったってのはおいといて、二人の関係のその後は？　アズィーズとナジムは恋人じゃなくなったってこと？」

アズィーズが熱を入れていたほどだ。実は腹違いとはいえ兄弟でした、というのはともかく、それを境に別れたというのだろうか。

それもあるが、ではそもそもナジムは自分がアル・カーディル国王の子だとわかっていたのにアズィーズの恋人になったというのか。

なぜ恋仲なのに、アズィーズに打ち明けなかったのだろう——いや、一連の流れからだと、はじめからナジムはアズィーズを利用したかったがために恋人になったとしか考えられない。

庸の疑問は次のラウーフの言葉で裏付けられた。

「ナジムは国王陛下に会いたいがために、殿下に近づいたようです。はじめからあの男の計画だったようでした。ですから殿下とは交際を解消されて。殿下は……ご自分がやはり婚外子でしたから、ナジムに同情なさって、彼の嘘や裏切りも許されたのです」

「え……」

事実を聞かされて、アズィーズはショックを受けたはずだ。

恋人と甘い日々を過ごすことができると喜び勇んでいただろうに、待っていた出来事はあまりの仕打ちだ。恋人は自分の兄弟で、しかも騙《だま》されていたなんて。

ひどいな、と思わず庸も口にした。

「おわかりいただけましたか、庸様。ナジムは殿下のお気持ちを利用しただけなのです」

なにしろ国王陛下と出会える機会などそうそうない。正攻法では直接話す機会はないに等しいにせよ、だからといって。

「狡猾《こうかつ》な男です。ですからアズィーズ殿下が不憫《ふびん》で……」

ラウーフの唇はひどく震えていた。

「おまけに近頃では、ハーキム様に取り入っているようだと方々から聞こえて参ります。ハーキム様もこう言ってはなんですが、ろくでもないお方ですので、わたくしは心配で心配で」

聞けば聞くほど、ラウーフがナジムを裏切り者として憤慨《ふんがい》するのももっともなことだと思わずにはいられない。

「ねえ、ラウーフ。ハーキム様って、反国王勢力と繋がってるらしいって聞いたんだけど。彼に取り入ったってことはナジムも、ってことで理解していい？」

「おそらくですがおっしゃるとおりと考えてよいかと存じます。あの二人が手を組んでいるということは、陛下やアズィーズ殿下をどうにかしたいと考えているのではないかと」

アル・カーディル国王が病床にある今、すぐにでも次の国王を考えなければならない。

現在、王位継承権のトップにあるのはアズィーズであるが、その次にはナジムが控えている。すなわち、アズィーズさえいなければ、ナジムが次の国王になり得るということだ。

ナジムが認められなくても、そうなればアル・カーディル国王の弟であるハーキムが国王ということになる。

いずれにしてもアズィーズは彼らにとって邪魔な存在だ。

「……なんでまた、アズィーズは自分を裏切った男を側近として置いてるわけ」

「それが……あれはナジムが、国王陛下に願い出て王家の仕事を把握したいと申し出たのです。なにも知らない陛下は、アズィーズ様の側で仕事をするようにと……」

「だって、ナジムはハーキムと繋がっているかもしれないいんだろ。アズィーズはそれを承知でってこと？」

「一応は理解されているようですが、やはり殿下はナジムには甘いのです。ハーキム様とのことについても、ナジムはきっと知らないでハーキムに騙されているのではないかと。わたくしが何度忠告しても、本気で取り合ってくださいませんでした」

「あばたもえくぼってやつだな」

庸の胸の中にモヤモヤと嫌な気持ちが渦巻いた。

一度好きになった人を悪く思いたくない気持ちはわかるが、それにしても。

自分を裏切った元恋人と四六時中一緒にいる気持ちは一体どんなものなのだろう。

しかしもともとアズィーズがナジムに一方的に熱を上げていたというのだ。まだアズィーズはナジムに未練があるのかもしれない。

なにしろあれほどの美形だ。多少の難点は目を瞑ってしまえるだろう。

――ナジムに比べたら。

庸は己の容姿には多少なりとも自信があったが、ナジムと比較するとその自信はあっという間に崩れ去る。あれだけの美貌の男と比べるのもおこがましい。

「……そういうこと」

アズィーズは庸を側に置いたのはナジムへの当てつけもあったのかもしれない。だってそうだろう。拘束するというだけなら、はじめから牢でもどこでも閉じ込めておけばいい話だ。アズィーズ自ら庸へ顔を見せる必要などどこにもなかった。

「申し訳ございません、庸様。よけいなことを喋りすぎました」

「いいんだ、ラウーフ。後から知らされるほうがショックが大きいじゃない？　今のうちに知っておいてよかった。ありがとう」

申し訳なさそうに顔を俯けるラウーフへ庸は笑いかけるが、上手く笑うことができただろうか。今は自信がない。

割りきって……というか、むしろこちらが勝手に振る舞っているつもりだったが、案外アズィーズにいいように使われているだけなのかもしれない。

思いがけなく、気分が落ち込んでいることに気づいて、さらにまた気分を滅入らせた。

5

「庸、どうしましたか?」

ルトフィーに声をかけられて、庸は自分が上の空だったことに気づいた。

「あ、ああ。ごめんな」

慌てて謝る。勉強中に教える側の自分がこんなふうに集中できていないのは家庭教師としては失格だ。

「悪い悪い。ゆうべちょっと眠れなくてぼーっとしてた」

「眠れなかったんですか」

「そう。だからちょっと眠くて。ルトフィーは眠れなくなることある?」

聞くと、ルトフィーは少し考えて「あります」と答える。

「そうなんだ。どんなときに眠れなくなるの?」

「怖い夢を見たときとか……悪い人に追いかけられる夢」

ぎゅっと唇を噛んで言う。よほど怖い夢らしい。小さい子が見る悪夢はさぞかし怖いことだろう。

でも、とルトフィーは続けた。

「父上はいつもぼくを守ってくれるとおっしゃっているので、ぼくは側に父上がいると思って、頑張ってもう一度目を瞑るんです。そしたら夢の中に父上が助けに来てくれるんですよ」

「そっか。お父上はそうやってルトフィーを守ってくれるんだね」

「はい！　父上はものすごく強いんです。悪い人をやっつけてくれて」

目を輝かせながら語るルトフィーは本当にアズィーズのことが好きでたまらないらしい。

「ルトフィーはお父上が好き？」

「はい！　大好きです！」

胸を張って誇らしげに好きだと言い切るルトフィーが眩しい。

アズィーズもあれでルトフィーのことをいつも気にかけているようだし、羨《うらや》ましいくらいに仲のよい親子だと庸も思う。

「だから庸が母上になってくれたらいいなって思います。……ダメですか？」

突然の思いもかけなかった言葉に庸はあたふたとする。

はじめのうちはしきりに言っていたが、近頃では言われなくなったので、油断していた。

「あ、ああ。そう……うん、そうだね。……それはまあ、ほら、お父上のご都合もあるし、国王陛下がやっぱりご病気だから、今は、ね？」

「でも、庸はお父上と結婚なさるんでしょ？」

「あー……うん、多分……」

多分もなにも、そんな未来は万に一つも訪れないだろう。

なにしろ自分たちはお互いの利益のためだけの結びつきなのだから。

アズィーズだって、無事に即位することになったら、そのときにはどこかの王女でも迎えて正妃にするに決まっている。

ルトフィーの母親として本当にふさわしい女性を選ぶはずだ。

「…………あれ？」

ちょっと待て、と庸はあることに引っかかりを覚えた。

そうして改めてルトフィーの顔をじっと見る。

「庸？　ぼくの顔になにかついていますか？」

「あ、ううん。そうじゃなくて。ルトフィーって五歳だったよね？」

庸の質問にルトフィーが目をぱちくりとさせる。

「はい。でも、明日、六歳になるんですよ！　そうだ！　お誕生日のお祝いをするんです。庸も来るでしょう？」

「明日が誕生日なんだ？」

「はい。ひとつ大きくなります。ねえ、庸、来てくれますよね？」

ねえ、とルトフィーの真剣な目に庸は曖昧な笑みで返すしかできない。

「うーん……どうかな。アズィーズに聞いてみないと。俺が出席していいのかどうかわからないからね」

庸の答えに、ルトフィーは少しがっかりした様子を見せた。しかし、すぐにぱっと顔を上げる。

「ぼくが父上にお願いします！　庸も来てくれなくちゃ嫌です……」

「ありがとう。俺からもアズィーズに頼んでみるよ」

「絶対、来てくれなくちゃ嫌ですよ」

ルトフィーが慕ってくれれば慕ってくれるほど、庸は後ろめたくなる。

正直、いい年の大人相手にならに適当に答えてごまかしたり、あしらったりもできるけれど、こんなに小さな子供をそんなふうには扱えない。真っ直ぐに自分を見てくれるこの子を裏切ることはしたくなかった。けれど、結果的に騙してしまっているのかもしれない現状を考えると、心は痛むばかりなのだけれども。

それはそうとして、庸はさっきから引っかかっていたことを考えていた。

ルトフィーは明日誕生日を迎え六歳になる。

そしてこの前のラウーフの話――。

アズィーズとナジムとが恋人同士だったという時期は、五年ほど前だという。彼らがつき合っていた期間はわからないがとにかく五年前の時点では、つき合っていたのだろう。

――？

庸は首を傾げた。五年前にはもう既にルトフィーは生まれていたことになるが、アズィーズはそれでは妻子があるのにナジムに入れあげたということなのか。

あり得ないことではないけれど、どこかしっくりとこない。

アズィーズらしくないというか――そう、彼らしくないのだ。

彼は確かに情熱的だけれども、生まれたばかりのルトフィーを放っておいて、恋に生きるような男ではないと思っている。あれはああ見えて割に誠実な男だ。

よしんば恋に落ちたとしても、妻がいる身で恋人のおねだりをほいほいと聞くだろうか。しかも国王陛下に引き合わせるなどということを。あの男が。

もうひとつ。ルトフィーの母親は亡くなっているというが、それはいつ頃のことなのか。ルトフィーはアズィーズのことは口にしても母親のことを口にすることはない。なぜなのか。

隣でにこにこと笑っているルトフィーを見ながら、自分の知るアズィーズと、ナジムとの出来事からイメージするアズィーズとに違和感を覚えていた。


国王陛下が臥せっているということで、ルトフィーの誕生日の宴会はこぢんまりと行われることになった。といってもこちらのスケールでこぢんまり、であるから、日本人の庸にとっては十分大規模だと思ってしまうのだが。

アズィーズから「おまえも出ろ」と言われたときにはてっきりごく身内だけでの宴会かと思っていたが、王族を招いての盛大なもので、さすがの庸も臆してしまった。

今日の主役であるルトフィーはアズィーズの隣にいて、にこにことしている。

庸はというと身の置きどころもなく、隅にいて、ひたすら茶を飲んでいた。

こうまで盛大にしたのは、アズィーズがじきに即位すると言われているからだ。アズィーズが王となれば、その子であるルトフィーは王太子となる。

いわば一種のお披露目のようなものでもあるらしい。

日本の琵琶のような弦楽器のウードや、打楽器のダラブッカの演奏が止まることなく続けられ、それに歌を乗せる者もある。舞を舞ったり、合いの手を入れたり、たいそう賑やかだった。

「庸！」

アズィーズに呼びつけられ、庸は顔を上げる。

「こちらへ」

アズィーズは庸を自分たちの側に来いと言っている。気が進まなくてもたもたしていると、「早く」と急かされた。

庸はしぶしぶアズィーズの隣に座る。

「ほう、殿下のフィアンセというのはその者か」

ひときわ大きな声が響き渡った。声のするほうを見ると、立派なひげをたくわえた恰幅《かっぷく》のいい壮年の男性だ。だが、にやにやと下卑《げび》た笑いを浮かべている。

（感じ悪いな）

それでも庸は不快を露にはしないようにした。今日はルトフィーの誕生日だ。彼の祝い事に水を差したくはない。

「叔父上。紹介が遅れて申し訳ない。そうです、この者が私のフィアンセ。庸でございます。お見知りおきを」

慇懃にアズィーズはひげの男に向かって言う。

叔父上、とアズィーズが口にしたところから、この不快な男が件のハーキム宰相なのだと庸は知った。

「まったくおまえはなんでまたそんな外国人を。しかも男だなんて」

ハーキムはいやらしい笑いから一転、嫌悪の表情を見せて鼻を鳴らす。

「まあ、所詮《しょせん》、おまえ自身もあの売女《ばいた》の子だからな」

ハハハ、と嘲《あざけ》るように大声で笑う。

「それにおまえの子のルトフィーも、どこの馬の骨かわからないような者との子だろう。まったくアハダルも堕ちたものだ」

好き放題に貶めるハーキムにアズィーズは素知らぬ振りをしている。

ルトフィーはアズィーズの悪口をさんざんに言われて、俯いてぷるぷると震えていた。だが、それからもハーキムはアズィーズを嘲り続ける。とうとうルトフィーは目からぼろぼろと涙をこぼし、立ち上がった。

「父上の悪口を言わないでくださいっ！　父上は立派な方ですっ」

ルトフィーの悲痛な叫びに一瞬あたりはしんと静まり返る。が、ハーキムはルトフィーの言葉に激昂《げっこう》する。

「貴様！　誰に向かってものを言う……っ！」

今にも飛びかからんばかりのハーキムに「叔父上」と低い声で呼びかけたのはアズィーズだった。

「私の子が失礼を申しまして、大変申し訳ありません。私のルトフィーの躾《しつけ》がなっておりませんでした。よく言い聞かせますのでなにとぞご容赦を」

アズィーズは跪《ひざまず》いてルトフィーの非礼を謝罪した。

ハーキムはそのアズィーズを足で蹴る。が、アズィーズはなにも抵抗はしなかった。

「ちちう――」

ルトフィーが飛びだそうとするのを、今度は庸が押さえつけて引き留める。

「ダメだよ。ルトフィー。お父上はきみをああやって守ってくれているんだ。きみがしたことの謝罪を代わりに受けているんだよ。今きみが出ていったら、父上が守ってくれていることを台なしにしてしまう。悔しいのはわかるけれど今はダメだ。我慢しろ」

何度かハーキムはアズィーズを蹴りそれで気が済んだのかそこから立ち去った。

「父上……ごめんなさい」

ルトフィーはえぐえぐとしゃくり上げながら、アズィーズに謝る。

「気にしなくていい。ルトフィーは私を庇ってくれたのだからな」

そう言ってアズィーズはルトフィーを抱きしめた。

もちろん親子なのだから当たり前なのだが、彼らの強固な繋がりを感じる。

アズィーズがルトフィーのことを心底大事に思っている姿を見て庸は羨ましく思った。あんなに大事に思われて、ルトフィーは幸せだ。

それに比べて——身を挺《てい》して守ってくれる人が自分にはいない。

ここへやって来るきっかけになった、かつての恋人は庸を守るどころか逆に非難した。愛する者を守るアズィーズとは大違いだ。——急に庸は寂しくなる。

「ごめん。疲れたから先に戻る」

アズィーズとルトフィーにそう言い残して、庸は宴会場を後にした。


「まったく美しい親子愛でしたね」

部屋に戻る途中の回廊で、背後から声がかかる。

振り向くとそこにはナジムがいた。

「なんか用？」

作った笑顔を貼り付かせたナジムがわざわざ自分に話しかけてくるというのは、警戒すべきことなのかもしれない。

「いえ、たいした用では。あなた、本当はアズィーズのフィアンセでもなんでもないのではないですか？」

これは鎌をかけられているのか……？

「どうしてそう思うわけ？」

言葉を慎重に選ばなくては、と庸はにっこりと笑い返す。

「だってあなた、日本でつき合っていた相手の奥様に浮気がバレて、ここに飛ばされてきたのでしょう？」

そこまで知られているのか。しかし迂闊《うかつ》なことは言わないが吉だ。

「それで？」

動揺を隠して平然と振る舞う。

「アズィーズ殿下はなにをお考えなのかと思いましてね。あなたなんかをここに連れ込んで。しかもフィアンセだなんて。いったいなにをお考えなのか」

ナジムがじりじりと庸へ近づいてくる。

「ごめん。俺、よくそういうのわからないんだよね。アズィーズは俺を愛している、って言って、俺をここに連れてきただけだから。あんたふうに言うとアズィーズに誑《たぶら》かされただけ。俺はこの国のことなんかどうでもいいいし、アズィーズと一緒にいられればそれでいいってこと」

「なるほど……まあ、アズィーズは情熱的ですからね。あなたが彼から離れたくないというのもわかります。ですがそろそろ国へお帰りになったらいかがですか」

「それは俺の一存じゃ無理。っていうか、ねえ、あんた俺をどうしたいの？」

「別に。こんなゴタゴタした国からはさっさと出ていったほうがよろしいですよ、とご忠告差し上げたかっただけです。とばっちりを食うのはあなたですからね」

「そりゃご丁寧にどうも」

そろそろうんざりしながら適当に相槌を打つ。

のらりくらり躱《かわ》す庸のその態度が気に入らなかったのか、ナジムは舌を打った。

そして負け惜しみとばかりににやりと笑う
「では最後にいいことを教えて差し上げましょう。あの子供は彼の子ではないらしいですよ」

「え⁉」

本気で驚いた表情の庸にナジムは、にやりとほくそ笑む。

「おや、ちょうどいい。ご当人がいらっしゃいましたよ。では私はこれで」

ナジムはちらりと、庸の後ろへ視線を投げて、そうして踵《きびす》を返し立ち去った。

庸が顔を振り向ける。

「庸……」

そこには茫然とした表情のルトフィーが立っていた。

「ルトフィー……今の話……」

聞いていたのか、とも言えず、どう声をかけていいのか思い倦ねていると、ルトフィーは目にいっぱいの涙を溜めたまま、走り出してしまった。

「ルトフィー！」

庸はルトフィーを追いかける。

六歳の子の足はバカにはできない。必死で走るルトフィーを追いかけるのはかなり骨だった。しかしそれでもなんとか追いついて捕まえる。

「……ったく、俺、運動不足なんだから、ちょっとは手加減して」

はあはあと息を切らしてルトフィーを抱きしめる。

「庸……っ！　庸！　ぼくは……ぼくは……父上の子じゃなかったの？　ねえ！」

悲痛な叫びを受け止めて、庸は彼の小さな体をさらにぎゅっと力強く抱きしめた。

やはりルトフィーはさっきのナジムの言葉を聞いていたのだ。

「そんなことない。ルトフィーはアズィーズの子だよ。だってきみのお父上はきみを全力で守ってくれているだろう？　さっきだってそうだったじゃない。きみのことを心から愛していなければ、あんなことできないことだよ。どんなことがあってもアズィーズはきみのお父上だ」

庸はルトフィーへ訴えかけるように言い聞かせる。

事実がどうあれ、アズィーズとルトフィーは確かに親子だと庸は思っている。

「だって……だって……」

それでもルトフィーは泣き止むことはなく、泣いて泣いて……そして泣き疲れて眠ってしまった。

庸はルトフィーを自室に運び、アズィーズへそのことを伝えるように近くにいた者へ頼んだ。

ベッドの上で眠るルトフィーは、寝入る直前まで泣きじゃくっていたせいか、ときおり名残のようにしゃくり上げる。

「……ったく、ナジムはなんであんなこと言い出したんだ？」

ベッドに腰かけ、ルトフィーの寝顔を見ながら考え込む。

あれは意図的に、ルトフィーに聞かせるために自分へ話したことだと庸は思っている。子供を巻き込むなんて卑怯なことを。

　アズィーズの弱点がルトフィーであるのは明白だ。

　反国王派はアズィーズのせいで身動きが取れないとすれば、まずはアズィーズの動きをとめたいと考えるだろう。だからルトフィーから揺さぶりをかけたのに違いない。

　背後で物音がした。てっきりラウーフだと思い振り向いたが、そこにいたのはアズィーズだ。

「ルトフィーがここにいると聞いてな」

「うん。ぐっすり眠ってる。……宴席のほうは大丈夫？」

　宴席を抜けてきたのだろう。こちらは心配しなくてもいいと伝言しておいたのだが、彼は駆けつけてきたようだ。

「ああ。向こうは心配ない」

「そう。それならいいけれど。あなたも体は大丈夫？　かなり蹴られていたみたいだった」

「平気だ。あの程度大したことはない」

　そう答えた後、アズィーズは眠っているルトフィーの顔に涙の跡を見て、「これは？」と庸に聞く。

「う……ん、ちょっと」

　庸は少し考えて、アズィーズを「こっちに来てくれる？」と場所を移動し、ソファーのあるほうへと彼を連れて行く。

「なにがあった」

怪訝そうに訊ねるアズィーズへ庸は意を決して聞くことにした。

「ナジムに会った」

「ナジムに?」

「うん。……で、俺のことをあれこれ聞いてきたんだけど、まあ、それはいいんだ。適当に答えておいたけどね。その後が問題」

「問題というのは」

庸はアズィーズに訊ねることをまだ躊躇《ちゅうちょ》していた。しかしルトフィーが傷ついた以上これはきちんとさせておく必要がある。

「ナジムは——ルトフィーはあなたの子じゃないって。しかも、ルトフィーが聞いているのを知っていてそれを俺に言った」

あのときのルトフィーの顔を庸は思い出す。

茫然としたまま立ち尽くしたルトフィーの目に、見る見る間に涙が溜まっていき、それがこぼれ落ちた。——思い出すだけで胸が痛くなる光景だった。

彼はどんなに傷ついたことだろう。

アズィーズは口を噤んだままだった。ただ彼の心は乱れているのか、瞳が揺れている。

「……彼が言ったことは本当?」

真正面から見据え、庸は聞く。

「………………」

「どうなの？　ナジムって人のこと俺は知らない。あなたが彼のことをどういうふうに思っているのかもね。けど、今夜、ルトフィーが彼の言葉でひどく傷ついたのは事実だよ」

差し出がましいと思いつつ止められない。

「おまえにとやかく言われる筋合いはない」

アズィーズを不愉快にさせてしまったらしい。きっ、と睨みつけられ、その迫力に気圧《けお》されそうになる。

しかし、引き下がりたくもなかった。

「そうだけど！　だったらルトフィーにはきちんと説明してあげてよ。ナジムの言うことがでまかせでも、本当でも」

「おまえが口を出すことではない！」

明らかにいらついているというように、彼は声を荒げた。

「わかってる！　わかってるけど！　でも……ルトフィーはあなたのことをとても愛しているから……だからそれだけは忘れないで欲しいんだ」

庸の言葉を聞いているのかいないのか、アズィーズはそれ以上なにも言わず、ルトフィーが寝ているベッドへ足を向ける。そうして眠っているルトフィーを抱きかかえると、彼を連れて庸の部屋から出て行った。

立ち去るときまで、庸へちらとも目線をくれなかったのは、よけいなことを言ったせいで彼を怒らせてしまったためだろう。

「……よけいなお節介だったかな」

どうせ見せかけだけの偽りのフィアンセだ。

本当のフィアンセでもなければ、恋人ですらない。

ただ、セックスするだけの、そういう関係。

煩《わずら》わしいことは嫌で、そういう関係を自分はこれまで望んでいたのに。

「俺らしくもない」

庸はソファーに力なく突っ伏す。顔を上げる気力も今はなかった。

わざわざ火中の栗を拾いに行くような真似をしてどうする。いくらルトフィーが泣いていたとはいえ。

――けれど、ルトフィーのことをアズィーズに言わずにはいられなかった。

「大好きな、大好きな父上が自分の親じゃないって言われたら、そりゃショックだよな……」

結果的にアズィーズの気分を害してしまったようだけれど、後悔はしていない。

――参った……。

ただ、彼に冷たい態度を取られたのはかなり堪える、と庸は深く大きな溜息をひとつついた。

次の日は朝から騒々しかった。

宮殿中の侍女たちが皆、走り回っている。

「どうかした？　ずいぶん騒がしいけれど」

朝食の用意をしにきたラウーフに庸は訊ねる。

「え、ええ……」

いつもははっきりとものを言うラウーフが珍しく口ごもっている。

なにか考えごとをしていたのか、庸のカップに注ぐコーヒーもテーブルの上にこぼしてしまった。

「ああっ、申し訳ありません……！　庸様、大丈夫ですか」

ラウーフは慌ててテーブルの上をダスターで拭く。幸い、庸にはなにもかかっておらず「大丈夫だよ」と慰《なぐさ》めるように言った。

だが、こんなことは滅多にないことだ。庸がここにやってきてから、ラウーフがこんなふうに上の空になっているところは見たことがなかった。やはりなにか起こったのだろう。

「正直に言って。なにかあったんだろ？」

問い詰めると、ラウーフは黙り込んだ。それでもまだ口を開こうとはしない。

「──俺には言えないことなの？」

強い口調になる。彼にここまで頑《かたく》なな態度を取られるのもはじめてのことだ。

「いえ……その……」

やはり歯切れが悪い。これ以上聞くべきかどうか。庸はここでは部外者も同然である。そんな分際で深く突っ込んではいけないのかもしれない。

注ぎ直してくれたコーヒーのカップを持ち上げて、口にする。もうこの独特のコーヒーの味にも慣れたというのにやはり庸はただの客でしかないと思い知らされた。

コーヒーを飲み終える頃、ラウーフが「実は」とようやく口にした。

「ルトフィー様のお部屋にサソリが……」

え、と庸は驚きのあまり思わず持っていたカップを落としそうになってしまった。

「サソリ⁉」

「はい。それもかなり強い毒を持つ大サソリが。このあたりではほとんど見ない種だそうで、いったいどこから入り込んだのか」

ラウーフの声が沈む。

ここの使用人たちは常に宮殿中に気を配っている。そのためサソリ一匹、庸もこれまで見たことがない。それなのにルトフィーの部屋にサソリがいたというのは彼女たちにはかなりのショックだっただろう。

それだけでなく、強い毒のサソリでなおかつ、このあたりでは見ない種……ということは、故意にルトフィーの部屋に持ち込まれたものだと言っているようなものだ。

「そう……。それでルトフィーは？」

なによりルトフィー自身が心配だった。サソリに刺されてやしないかとか、怖い思いをしていないかとか、心配になる。

「ルトフィー様は大丈夫でございます。ルトフィー殿下ご自身がサソリを見つけまして、事なきを得ました。それで今他に潜んでいないかと探し回っているところなのです」

それを聞いて、庸はほっと胸を撫で下ろした。しかしきっと怖がっているに違いなかった。

「ちょっと俺ルトフィーのところに行ってくる」

庸は慌てて席を立とうとすると、ラウーフに「庸様！　それはなりません」と止められた。

さらにラウーフは庸の腕を引く。

「庸様はここから一歩も出ないようにとの、アズィーズ殿下のご命令でございます」

思いもよらなかった言葉がラウーフの口から告げられる。

「どういうこと？」

庸は目を丸くして、ラウーフに詰め寄った。

ラウーフは庸の目を見られないのか、顔を背けている。

「……サソリをルトフィー様のお部屋に入れた疑いが庸様にかかっているとのことです」

そう言ったラウーフの声が震えていた。

「――俺に……？　どうして」

不意打ちのような出来事に庸は面食らった。

昨日はルトフィーのことでアズィーズと仲違《なかたが》いして、そして今日。

よりによってこんなときに、ルトフィーに危害を加えようとする者が現れるとは。

「ナジムが、庸様がぐったりしているルトフィー様を抱きかかえて中庭を歩いている姿を見た、と方々に言い回っております」

「それは――！」

庸はそれを聞いて大声を出した。

怒りで脳みそが沸騰しそうだった。なんということだ。

ルトフィーを抱きかかえて歩いていたのは、ゆうべあの男が発したひと言からはじまっているというのに。おまけに自分はアズィーズに状況を説明し、彼自身がルトフィーを連れて戻っていったではないか。――こちらを振り返りもしないで。

「ラウーフだってわかっているだろう？　俺はアズィーズがルトフィーを連れてここから出て行ってからはこの部屋を一歩も出ていない」

「わかっております……わかっておりますとも。ですが殿下は庸様を部屋から出すなとのことでございます。殿下も難しいお立場なのです。ハーキム様に庸様をここに連れ込んだからだと責められておりまして、殿下も逆らえず。……申し訳……ございません」

庸は力なく、再び椅子に腰かけた。言われた言葉がまったく頭に入ってこない。

ラウーフの言葉を繰り返し思い浮かべ、それをひとつずつ区切って何度も口にする。ようやく自分に疑いがかけられていると把握するまで、結構な時間が経過していた。

「百歩譲ってさ、俺がラウーフや見張りの目を盗んでこの部屋を出たとするじゃない？　そういうことができたとして……ラウーフは俺がサソリを入れる人間だと思う？」

ぼんやりとしながら、庸はラウーフへ訊ねた。

「いいえ！　いいえ！　そんなこと！　庸様はそんなことなさるお方ではありません！　わたくしは何度も違うと申し上げたのですが、でも……」

必死に庸へ訴えるラウーフの声を聞いて、庸は小さく笑みを浮かべた。

「そっか。……ありがとう。信じてくれて。……じゃ、ラウーフが信じてくれているからいっか」

ふう、と庸は大きな息をついた。

あらぬ疑いをかけられたのはショックだったが、所詮こんなものなのかもしれないと、心のどこかで諦めている自分がいる。

やはり自分はよそ者でしかない。ほんのちょっぴり、このまま彼らと一緒にいるのかも、と思ったこともあったがそれはどうやら勘違いだったようだ。

ルトフィーの可愛らしい顔といつも口癖のように言う「庸が母上になってくれたらいいのに」という言葉がふと頭の中を過《よぎ》って、少し悲しくなる。

「ねえ、ラウーフ頼みがあるんだ」

庸はラウーフのほうへ振り返ってにっこりと笑顔を作る。

「は、はい、なんでございましょう」

「――コーヒーのお代わり、淹れてくれるかな。……今日はきっと退屈しちゃうから、多めに淹れて欲しいな」

お願い、と笑いかけると、ラウーフは今にも泣きそうな顔をして「はい」と短く答えた。


庸が部屋に軟禁状態になって、二日が過ぎた。

アズィーズはその間まったく庸のところには寄りつきもしなかった。

軟禁されているため、外の様子はまるでわからないから、ラウーフに聞いた程度のことしかわからない。

ラウーフによるとはじめのうちアズィーズは庸を庇っていたらしいのだが、どうやら様子が変わってきたという。なんでも夜中にルトフィーの部屋のあたりで庸らしき人影を見たという証言がいくつもあったというのだ。

「俺じゃないって。ラウーフだってわかっているだろ？」

庸はラウーフに愚痴《ぐち》をこぼす。

「ええ……それはわたくしも重々承知しております。ですがわたくしひとりの言うことでは殿下に信じてもらえず……」

ひとりの証言より多数の嘘の証言が信じられてしまうという理不尽さ。

しかしこればかりはどうにもできない。アズィーズなら話せばわかってもらえるはず、と庸は彼がやってきたらきちんと説明しなければと思っていた。

ともあれ、さすがに部屋から出られないとなると、退屈することしきりだ。ラウーフに頼んで新聞や本を用意してもらってはいるが、活字だけ追うというのもそろそろ息が詰まってきた。

「筋トレでもしたほうがいいかなー。このままだとみっともない体になりそう」

日がな一日ほぼベッドの上というのはやはり体によくない。

室内でもできるトレーニングでもすれば、少しは時間も潰せるかも。

そう思うくらいには、食べているか寝ているかしかしていないので体が重い。

「腕立て伏せくらいしとくか……」

庸が独りごちながらベッドを下りようとしたときだ。

庭からなにか物音が聞こえた。

「――！」

聞いたことのある物音に、庸はベッドから飛び起き、窓を開ける。

「ルトフィー！」

植え込みの葉を揺らして鳴らしたのは、思ったとおりルトフィーだった。

「庸！　庸！　今、そっちに行きますね」

ルトフィーは庸の顔を見るとこぼれるような笑みを浮かべながら、急ぎ駆け寄ってくる。

庸もすぐに庭のほうへと向かった。

「庸！」

ルトフィーが庸の体に飛びついてくる。庸は小さなルトフィーをぎゅっと抱きしめた。

「庸、ごめんなさい！　ぼくのせいです……！　ぼくのせいで庸がひどい目に遭ってるって」

ルトフィーがしきりに謝ってくる。

「なに言ってんの。ルトフィーのせいなわけないだろうが。それにひどい目になんか遭ってないよ。ちょっと外に出られないだけで」

「でも、ぼくが大騒ぎしたから」

「大騒ぎするだろう？　大きなサソリだったんだろう？　怖かっただろう？」

「でも、でも、そのせいで庸が……」

「平気、平気。俺はいいの。それよりルトフィーがなんでもなくてよかった。ラウーフに聞いたけれど、猛毒のサソリだったんだよな。無事でよかった。よく頑張ったよ。怖かったか？」

庸が訊ねるといまさら思い出したのか、ルトフィーは唇をぎゅっと噛んで、ふるふると震え出した。

「こ、怖かったです……。暗いところからでてきたの、びっくりして……」

「うん、うん。偉かったな」

手が白くなるまで、小さな拳《こぶし》を握りしめているのは、まだ怖いせいだろう。

こんなに小さな子が自分のことよりも庸のことを考えてくれていると思うと、この軟禁状態くらいは大したことではない。どれほど小さな胸を痛めたことだろうと思うと、庸のほうが辛かった。

いったい犯人の目的はなんなんだ。

ルトフィーの排除か、それとも庸の排除か。それともどちらもか。

この件に関してナジムが関わっているのは間違いないだろう。

策略が見え見えすぎる。

だが庸がそれを訴えたところで、この国でナジムより庸を信じる者はほとんどいない。

せいぜいがルトフィーとラウーフだけ。

「それより、ルトフィー。また抜け出してきたんだろう？　ルトフィーがいなくなったのがわかったら、また大騒ぎになるから早く戻ったほうがいい。ね？」

「う……ん、でも……。庸と会えないのは嫌です……。父上もダメだとおっしゃって」

しょげ返るルトフィーに一瞬「ずっとここにいていいよ」と言いたくなる。が、しかし周囲をこれ以上騒がせるのは、ルトフィーにとってもいいことではない。

「ルトフィー、少しだけ我慢して。大丈夫、またすぐに遊べるようになるから。ほんのちょっとだけ我慢だよ。だからもうお帰り。いいね？」

なんとか言い聞かせて戻らせるしか——。

「庸！　いるか！」

アズィーズの大きな声が聞こえた。

「いるに決まっているでしょうが。あなたが俺をここから出すなって言ったんでしょうに」

嫌みのひとつでも言ってやらないと、むしゃくしゃが治まらない。

呆れながら言い返して、顔を振り向ける。

案の定、アズィーズは庸の言い方にムッとしたのか、不機嫌そうな顔をしていた。そしてさらにルトフィーの姿を認めて、眉が上がる。

「ルトフィー！」

名前を呼ばれたルトフィーはきゅっと体を固くする。

叱られる、と思ったに違いない。

が、アズィーズはルトフィーを叱らず、その代わりに庸へと向き直った。

「この子をどうやって呼び寄せた」

いかにも庸がルトフィーを呼んだかのような物言いに、庸はカチンとくる。

「別に、俺は呼んでない」

「だったらなぜこの子がここにいる」

アズィーズが庸を睨みつけると、側にいるルトフィーが飛び出してアズィーズの足元へと駆け寄った。

「ぼくが勝手に来ただけです。ぼくが庸に会いたくなって」

ルトフィーはアズィーズに訴える。

「おまえは黙っていなさい。私は庸に聞いているんだ」

するとルトフィーはアズィーズに掴みかかった
「父上のバカ！　庸をいじめないで！　父上なんか嫌い！」

嫌い、と言って叫びながら、ルトフィーはアズィーズをポカポカと小さな拳で叩く。

「ルトフィー！　いけない！　そんなことしちゃダメ！」

庸はアズィーズからルトフィーを引き離す。そうして自分のほうを向かせた。

「ルトフィーはお父上のことが好きなんだろう？」

じっとルトフィーの目を見つめながら、庸は静かに言う。ルトフィーはぎゅっと唇を噛み、躊躇するようにしばらく黙りこくったままおずおずと首を横に振った。

「嘘はいけないよ。そんなことをして庇ってくれても俺はうれしくない。ルトフィーはお父上のことが大好きだっただろう？　違う？」

ルトフィーは大きな目にいっぱい涙を溜めて、ふるふると首を振った。

「でも、でも、父上は庸をいじめて……っ」

瞼《まぶた》を閉じたルトフィーの目からぼろりと大粒の涙がこぼれ落ちた。その涙だけで十分うれしいと庸は思う。

「きっと誤解だから。俺は大丈夫。だからルトフィーはもうお帰り。いいね」

誤解ならすぐに解けるはずだ。そうルトフィーを説得する。

ルトフィーはしぶしぶ頷き、もう一度庸に抱きつく。庸は彼の背を抱いて、ポンポンと背中をやさしく叩いた。

「ルトフィー、迎えが来た。さあ、行きなさい。それから——庸、おまえにはしばらく見張りを増やす。ルトフィーにおかしなことをされてもいけないのでな」

アズィーズは強引にルトフィーの手を引き、迎えの従者に引き渡す。ルトフィーは名残惜しそうに庸のほうへ顔を振り向けたまま、引きずられるように連れて行かれた。

「庸……」

か細い声で不安げに庸の名前を呼ぶルトフィーへ安心させるように笑顔を作る。

「いい子にしておいで。きっとすぐにまた遊べるって」

ルトフィーは庸の言葉に大きく頷いた。


「あんた本気で俺のこと疑ってるわけ」

ルトフィーが去った後、その場に残ったアズィーズに庸は聞く。

「何人か、侍女の姿になったおまえをルトフィーの部屋の付近で見た者がいる。いずれも昔から私に使えている忠実な者ばかりだ。その者たちの目撃証言がある以上、その者たちの話を尊重しないわけにはいかないだろう。叔父上が疑っても当然だった。だから、おまえがやったやっていないにかかわらず相応の措置は必要になる。叔父上が疑っている以上、ここから当面出すわけにはいかなくなった」

そうだ。アズィーズという人はそういう人だった。使用人たちを信頼しているからこそ、彼は皆に愛されている。

「そりゃそうか。俺はあんたにとってはただの偽物のフィアンセで、いつでも取り替えがきく存在だけど、ここの人たちはあんたにとっては家族みたいなもんだもんな。特に古くからの使用人だとよけいにそうなっちゃうか……」

アズィーズには聞こえないくらいの密やかな声で庸は独りごちた。

「なにを言っている？」

庸の独り言が聞こえなかったのか、アズィーズが怪訝な顔をした。

「ううん、なんでも」

首を振って庸は答える。

するとアズィーズはずいと庸の前に立ち塞がった。

「庸、おまえ、あの夜ナジムとは他になにを話していた？」

ぐいと腕を掴み、鋭い視線を庸へ向けながらきつい口調で訊ねる。

「なにそれ、俺がナジムとなんかあったと思ってんの？　あの夜話したとき以上のことはなにも話していないって言ってるだろ」

「本当か」

「しつこい！　逆に俺があんたに聞きたい。あなたは俺になにも言わないじゃない。俺はなにも知らない。あなたはそれでいいと言うだろうけれど、振り回されてる身にもなってみてよ！　挙げ句の果てにまたこんなふうに疑われて！　だったらいいかげんここから出してくれよ！　俺を元の場所に戻せばいいだろう？　もういいよ。俺は日本に帰る。帰らせてよ。そうすればもうあなたたちと関わらなくなる。あなたも俺を疑わなくていいだろ。ホラ、これで全部解決だ！　これをあなたに返せばおしまいでしょう？」

庸は以前にアズィーズから受け取っていたたくさんの宝石で彩られた首飾りを彼に投げつけた。首飾りは音を立ててアズィーズの足元へ落ちる。

アズィーズはゆっくりとそれを拾い上げた。

――冗談じゃない。こんな目に遭うなんて。

「……この手、離してくんないかな。痛い」

強く握られているせいで、腕が痛い。

けれど彼はまったく離そうとはしない。それどころかますます力を強めてくる。

庸はけっして視線を外そうとはしなかった。

「はじめから俺がフィアンセだなんて、どだい無理がある話だったんだって」

ひときわ強く、訴えるようにアズィーズを見つめる。

「そりゃあ……ほんのちょっぴり……ルトフィーとあなたと家族っぽいことしているのは楽しかったけど」

ぼそりとほとんど聞こえないくらいの声で呟く。

「え？　なんだ？」

アズィーズに聞き返されて「なんでもない」と首を振った。

「帰りたいんだ。日本に――だってあなた俺のこと、別に愛しているわけじゃないでしょう？　もう……うんざりなんだよ」

告げると、アズィーズは目を見開いた。どうやら図星らしい。

彼の怒ったような顔が近づいてくる。

「……どうしておまえと出会ってしまったんだろうな」

早口で、そしてごく小さな声で彼は言う。それはどういう意味なの、そう聞きたかったけれど、口を開く前に唇を塞がれる。

もうすっかり慣れたアズィーズとの口づけ。

つい数日前まではこの口づけは甘くて庸を満たしてくれたのに、今はとても空虚なものに思える。お互い心を閉ざしたままの口づけがこんなにざらざらと乾いたものだとは思いもしなかった。

「……んっ、ンンッ……やっ、やだ……っ！」

庸はアズィーズの体を押しのけようとする。心はひどく空しいのに、浅ましく体は反応しようとするのが惨めでならない。

「ア、アズィーズ……っ、どうして……ッ！　やめ……」

しかしアズィーズは庸の体を抱きかかえると、ベッドの上に押し倒した。

彼は庸のカンドゥーラの胸元に手をかけ、まるで引き裂くかのように乱暴に左右へ開く。呆気なくボタンがはじけ飛んだ。

こんなに荒々しいアズィーズははじめてで、庸は目を見開いて息を呑んだ。

庸を見つめる彼の目はひどく冷たい。

感情を捨て去ったかのように、冷たい目をしながら、性急にアズィーズは庸の胸元にむしゃぶりついた。

加減などまったくされず、強く乳首を吸い上げられる。

「ア――――ッ！」

ガリ、と乳首に歯を立てられて、庸は激しい痛みにぐんと背を反らした。

いたるところを吸われ、赤い跡をつけられながら、つんと尖った乳首を舌先で嬲《なぶ》られる。

「やぁ……ッ、ん……ぁ」

反応したくない。こんな状態で、彼に抱かれたくない。けれど彼の手がカンドゥーラの裾をめくって中に入り、内腿を撫でると、庸は鼻先から吐息を漏らしてしまう。

「あ、あ……っ、こんなの……やだ……っ」

抵抗などさせないとばかりにアズィーズは庸の顎を掴むと、強引に唇を重ねてくる。

彼の厚ぼったい舌が歯列をこじ開けて入り込み、庸の舌に搦められる。さらに貪られるようにきつく吸われた。

庸は両手でアズィーズの胸を押し返し、口づけから逃れようと首を捻る。だが力の差は歴然であることはすでに知っている。顎を掴まれたまま、強引に愛撫を繰り返されると、頭の芯がぼうっとしてきた。

執拗《しつよう》に何度も角度を変えて獰猛なキスを仕掛けられる。搦められる舌の熱さに頭の中が溶け、体から力が抜けていく。

「ん……ん……っ、ふ……ぅ……っ」

それでも庸は必死に抵抗した。

もがきながら足でシーツを蹴り、どうにかアズィーズから逃れようとする。

しかしアズィーズは庸を易々《やすやす》と押さえ込み、カンドゥーラを腰までまくり上げると、下着を引き下ろした。そうして露になったペニスを握り、指で先っぽの割れ目を擦る。

濡れてもいないペニスの先を指で擦られるのはひどく刺激が強い。

「ひ――っ！　ぃ、あ……あぁ……ッ」

庸のすらりと伸びた脚が突っ張り、つま先が反り返る。

アズィーズはおもむろに庸を俯せにさせて、尻を上げさせた。そうしておざなりに尻の奥の蕾《つぼみ》に指を差し入れる。

「おまえは私じゃなくても、ここになにか入っていれば満足なのだろう？」

そう言いながらひたりと尻の後ろに冷たく硬いものを押しつけた。ごつごつとした硬い感触。

「な……なに？」

「おまえがなんと言おうと、まだ私のフィアンセを務めてもらわないと困るのでな。まだこれは持っていてくれないと……せっかくだから、これでおまえを悦《よろこ》ばせてやろう」

じゃら、と硬い石が擦れ合う音が聞こえる。それがあの首飾りであると庸は悟った。

すぐさま庸の後ろの蕾は彼の指でぱっくりと開かれ、ぐいぐいと石を押し込められる。

「ひ……っ！　やだ！　やめ……っ！」

庸は叫んだが、尻を平手でパンと強く叩かれる。

「――ぃっ」

ジン、と尻に熱い痛みを覚えた。さらに彼は何度も庸の尻を平手で打つ。

「アズ……ィーズぅ……、やぁ……っ」

ジンジンと尻に痛みを感じるのに、はしたなくペニスからは先走りがこぼれ落ちた。

こんな状況なのに、体は快感を覚えていることに庸は惨めになっていた。

「こんなに濡らして……感じてるじゃないか。おまえはこういうのも好きなのだな」

濡れそぼった庸のペニスを弄る彼の声にはせせら笑いが混じり、なおのこと辛くなる。

「ちが……っ」

「なにが違う？　そら、おまえのいやらしい孔《あな》にずぶずぶ入っていくぞ」

「やっ……あっ、あ……ぁ……」

大きな石の後は、小さな粒――それは真珠だろう――それをゆっくりと尻の中に入れていく。

小さな粒は入り口を嬲り、また先に入れた大きな石は庸の奥深くの淫襞を擦り上げていった。

「庸……おまえの中は貪欲だな。まだ欲しいと見える。先っぽからうれしそうに涎《よだれ》までこぼしているぞ。こんなものでも悦ぶなんて、まったく浅ましいやつだ」

最後の大きな石をぐい、と押し入れられ、庸はそのごりごりとした刺激に身悶える。

「あ……んっ」

中がいっぱいで気持ちいい。こんなふうに玩具《おもちゃ》のように扱われているのに、快感を覚えるなんて。しかし彼の指で中の石を捏ねられるように探られると、はしたない声しか出ない。

「い、やだ……っ、取って……これ、いや……ぁ」

過ぎる刺激に庸は身を捩《よじ》る。どうしようもない快楽がさざ波のように押し寄せた。

「だったら、自分で取るんだな」

アズィーズは庸の手を取り、後ろへと誘った。指が石の感触を捉える。自らの指でその大きさを確認していると、アズィーズは庸の指をぐいと蕾の中に押し込ませる。

「ひっ……！」

庸の指にアズィーズの指が添えられ、無理やり宝石に触れさせた。アズィーズの指で石をほじくり出され、庸の指に引っかけられる。ぐい、とアズィーズが庸の指を引っ張った。

「アァッ……！　あ、あ、ああっ！」

つるん、と大きな石が蕾を広げて顔を出す。蕾が大きく広がる感覚に、庸は太腿を震わせた。

さらに今度は小さな真珠がつぷつぷと引き出される。

「あ、あ……、ああッ！　ひ、ぃ……っ」

後はもうなすがままだった。小さな粒、大きな石、それらが内壁を擦って出ていく刺激がどうしようもなく気持ちよくて、自らそれを引き出してしまう。その姿をアズィーズに見られて、恥ずかしいのにそれがまた気持ちいい。

「み、見ないで……！」

見ないで、といいつつ、手は止まらなかった。アズィーズは「見られて興奮して、どうしようもない淫乱だな、おまえは」と嘲るように笑う。それでも庸は首飾りを引き出す手を休められない。

「あ、ああ、あ——あぁ……」

中から産み出すように最後の大きな石が飛び出たときには、庸はペニスから白い蜜を噴き上げていた。

「まだだ」

はあはあと息を荒げてぐったりしている庸にアズィーズは容赦なく、ぐいと腰を押しつける。そうしてすぐさまアズィーズは庸の双丘《そうきゅう》を割り開き、彼自身の剛直で蕾を貫いた。

「ア、ア、アァァ——ッ！」

達したばかりの庸には、過ぎる刺激だった。感じすぎて痛みのような快感が庸を貫く。庸は脂汗を浮かべシーツを鷲掴《わしづか》みにした。だがアズィーズは容赦なく、腰を揺らす。

一度入り込んでしまえば、中は彼のかたちを覚えている。揺すられて、中を擦られるたびに中がうねうねと蠢いて彼を受け入れてしまう。

「あぁ……ぁ……」

途中、香油かなにかを足されたのか、秘部が潤んだ音を立てはじめる。ぐちゅぐちゅという卑猥な音がして、その音に反応するように、庸の中の淫らな襞《ひだ》は戦慄くのだ。

彼の腰の動きが激しくなるにつれ、びくびくと内腿が痙攣をはじめる。

「あっ、あっ……そ、そこ、っ……い、イイッ……あぁぁ……っ」

心は嫌だと思っているのに、口走る言葉は快感を示し、体は与えられる悦楽で捩れる。

「好きものめ」

蔑む言葉を口にされ、ぐい、とひときわ奥へ突き入れられる。

「や……っ、も……、アズ……やめ……っ」

これ以上されたら、どうにかなってしまう。惨めでたまらない。

ぐちゅ……と音を立てて後ろを掻き回される。庸はがくがくと首を左右に振って快楽をやり過ごそうとするが、体の奥底から快感の波が押し寄せてきた。

「アズ……ィーズ……！　あぁっ！」

快感という海に飲み込まれ、溺れていく。体を踊るように撓《しな》らせて腰を揺らした。

「いやだ……やだぁ……っ、アズィ……おねが――」

抗《あらが》ったところで無駄なことはわかっている。

「説得力もない。こんなにここをひくつかせて……淫乱な孔だ」

荒い息とともに嗄れた声で囁かれ、それがまた体をじゅん、と熱くさせる。

後ろを突かれる合間、乳首もくりくりと弄られ、漏らすつもりのない喘ぎを半開きの口からこぼした。

ひっきりなしに太く逞しい屹立《きつりつ》が深く抜き差しされて、赤い粘膜がめくり上がる。

アズィーズのごくりと息を呑む音が聞こえた。

「アッ、あぁっ――ッ……っ！」

ギッ、ギッ、というベッドの軋む音と、互いの荒々しい呼吸、そして庸の喘ぎだけが部屋の中を満たす。

激しい突き上げで、庸の頭の中は既に朦朧《もうろう》としていた。

そんなさなか、無理やりに顔を後ろへ振り向かされ、口づけを与えられる。

甘い。

玩具のように乱暴に抱かれているのに、なぜかその口づけだけは甘いように思えた。


目覚めるともうアズィーズの姿はなかった。

「いた……」

痛い、と庸はぽつりと呟く。

これまでにないひどいセックスだった。庸の感情などまるで無視した自分勝手なセックスで庸の体はボロボロになっていた。

強引にされすぎて、あちこちが痣《あざ》になっている。あれではまるでレイプも同然だった。

「あー、もう、やだなあ……」

庸は大きく溜息をつく。頬をなにか温かいものが伝った。それが自分が流した涙だったと気づいたのはややしばらくしてからだ。

「人間万事塞翁《さいおう》が馬っていうけどさあ、これはあんまりじゃないのか。ひどいな……」

ここへ来る前も、ここへ来てからもいろいろなことがあったが、これまでは心が折れることはなかった。怒りだったり、意地だったり、そういったものが庸の中にはあって、だから落胆することはあってもなんとかなるだろうし、なんとかしようという気持ちで生きてきた。そうやって前に進んできたのに。

だが今はダメだ。

今はただ、悲しい。

辛いでも、憤りでもなく、ただ悲しいだけだった。

「バカじゃないのか、俺」

そしてひとつ気づいたことがある。

「もしかしてさ……俺、アズィーズのこと好きなのかも……」

好き、と口にしてその言葉に首を傾げる。

アハダルへやってくる前までつき合ってきた相手は皆好きだった。別れ方は様々だったけれど、けっして嫌いではなかったし、好きだったからこそつき合っていた。

だけれども、多分アズィーズは好きという言葉は同じでも、感情は今までの相手とはまったく違う。

手ひどく扱われたことが、どうしてこんなに悲しいのかわからない。

「……愛」

今度は、あい、と呟くようにそう言ってみる。

何人もの相手に口にしたかしれない言葉が今はとても重たくて切なくて、そして甘いものだった。今までの愛なんて嘘っぱちだ、とさえ思うくらい。

いや、多分嘘っぱちの愛しか知らなかったのかもしれなかった。

好きだ。彼のことが。

どこか飄々《ひょうひょう》としているのに、威厳のある姿も。そしてルトフィーを守り抜くやさしさも全部。

「愛してる……か」

こんなことになってやっと自分の本当の気持ちに気づくなんて間抜けにもほどがある。

「ひっでえ……」

おかしくて、おかしくて、おかしくて泣けてくる。

庸はしばらくそうやって、ぽたぽたと涙をこぼし続けていた。

「庸様」

どのくらい泣いていたのか、ラウーフが声をかけてきて長い間泣いていたことに気づく。

ラウーフの手には水を張った桶と布、そして水差しがあった。おそらくアズィーズがラウーフに命じたのだろう。

「……ごめん、ラウーフ。それ、そこに置いておいてくれるかな。自分でやるから」

「でも……」

「ごめん。ひとりになりたいんだ」

「……かしこまりました」

ラウーフは庸に言われたとおり、桶と布を部屋に置いてそのまま下がった。

ふと窓の外を見ると、庭を数名の人間がうろうろと歩き回っているのが見えた。あれは庸を見張るためだろう。まだ庸をここで軟禁するというのはアズィーズの思いやりなのかもしれないが、いっそ檻の中にでも入れてくれたほうがすっきりするかもしれない。

そんなことをぼんやり思いながら、庸はたったひとりで体を清める。

セックスの後で、こんなに寂しい気持ちになったのははじめてだった。

6

「え？　ルトフィーのところ？」

数日後、いきなりアズィーズの使いがやってきて、庸を驚かせる。

ルトフィーのところに行って欲しい、とのことで、庸はルトフィーの元へ向かった。

「なにがあったんですか」

使いの者に聞くと、どうやらルトフィーはハンストをして、部屋から出てこなくなってしまったという。

庸に会わせてくれなければここから出ない、と言い張って本当に出てこなくなってしまったらしい。食事もとらないで立てこもったとのことだった。

さすがにアズィーズは降参して、ルトフィーの願いを叶えることにしたようだ。ただし、庸には厳重に幾人もの見張りがついていたが。

ルトフィーのところへ訪れると、ちょうど昼寝をしているようで、ベッドでぐっすりと眠っていた。

「食事は……？　ちゃんと食べた？」

心配になってルトフィーの侍女に聞くと、庸に会う前に元気がなくなっているのはいけない、とアズィーズに諭《さと》されて食事をとったのだが、その直後、安心して眠ってしまったらしい。

「そうか、よかった」

ルトフィーが目覚めたときに庸がいないとまたハンストしかねないので、しばらくここにいてくれ、と請われルトフィーの部屋で彼が目覚めるのを待つことにした。

しばらく待っていると、重いドアの開く音が聞こえた。

ルトフィーの寝室のドアではない。

音のしたほうを向くと、アズィーズが部屋に入ってくるところだった。

彼の姿を見て、庸は体を強ばらせる。

この前のひどいセックスを思い出した。

「……すまなかった」

開口一番、彼は謝罪の言葉を述べた。

「なにを……謝っているんですか」

庸はアズィーズから目を逸らし、震えながら聞く。

「この前のことだ」

「この前のことって、あなたが俺をめちゃくちゃに抱いたこと？　それとも俺を疑ったこと？

どっち？」

平坦な声で訊ねる。

ルトフィーの部屋にいたサソリの件については、あれから間もなく庸の疑惑は呆気なく晴れたのだった。

真犯人は、新しく雇われた侍女と厨房に出入りしている業者であった。その業者は反国王勢力の一員であり、やはりこれも今までの業者ではなく半年前ほどから取引している新しい業者だという。

業者の選定については厨房に一任していたが、以前の業者が廃業したため新たに選んだという。質のよいものを安く仕入れてくるということで、厨房の信頼も厚かったらしい。その業者からの頼みで新たな侍女を雇い入れたが、その侍女が今回の実行犯だったようだ。

本当はアズィーズが目的だったというが、なにしろアズィーズの周囲はきつく警戒されている。仕方がなく、アズィーズの子のルトフィーへとターゲットを変えたと自白した。

彼らにしてみれば王族に一泡吹かせたかったのだろう。

侍女と業者は即刻牢へ繋がれることとなった。

そんなふうに庸の疑惑が晴れても、アズィーズからはなんの謝罪もなかったのに、今頃、と庸は唇を噛む。

「どっちもだ」

「…………」

庸は押し黙ったままでいた。

口を開いたら、きっと自分はよけいなことを言ってしまう。言わなくてもいいことを。

アズィーズは庸が黙っているのを怒っているからだと思っているのに違いなかった。現に、彼は溜息を漏らしている。

「——悲しかった」

庸はぽつりと漏らした。

言ってしまった。もうダメだ。もう——ここから先、きっと理性が働かなくなって、自分はとんでもないことを言うだろう。……けれど止められない。心が勝手に口を動かすのだから。

「辛かった——俺はいつの間にかあなたを愛していて、だからあんなふうに抱かれたのも、疑われたのも、死ぬほど辛かった。すごく辛くて、辛くて……それは好きだって、あなたのこと愛してるからだ、って気づいた」

それを聞いたアズィーズが「くそ」と悪態をつくように吐き出す。

え、と思っていると、彼は庸の座っている隣に腰かけるなり、庸を抱きしめる。

「私の先を越すな」

「？」

「愛の告白くらい私に先にさせて欲しかったのだが」

「え……それって……」

「愛している。おまえのことを。――しかし、私には守らなくてはならないものがあって、そのために結果的におまえを傷つけるようなことまでしてしまった。すまない」

彼の頬が庸の頬に擦りつけられる。

「だが、もう隠しておくのはやめよう。おまえにはすべてを打ち明ける」

「アズィーズ……？」

庸が顔を上げると、アズィーズが真剣な眼差しで見つめてくる。庸は彼の頬を両手で挟み、彼の鳶色の瞳を見つめ返した。

「庸、私を愛しているか」

こっくりと庸は頷いた。

「私もだ。私もおまえを――」

どちらからともなく唇を合わせる。

この前のような冷たいキスではなく、やさしく甘いキス――。

唇を合わせるだけのキスを何度か繰り返し、ただ抱きしめ合う。それ以上なにもしていないのに、うっとりするほど心が蕩けていった。

「――庸」

互いの存在を確かめるように顔や髪をまさぐりながら、アズィーズが庸の名を呼ぶ。

「話を聞いてくれるだろうか」

彼の瞳は極めて鋭い光を放っている。声が潜められ、ただならないものを秘めていた。

アズィーズがゆっくりとなにかを含むような間を置いてから、静かに言った。

――ルトフィーは亡くなった兄、ムフタールの子だ。

「な――」

ナジムからルトフィーはアズィーズの子ではないと聞かされてから、いろいろな想像をしていたが、庸の想像を遙かに超えた事実を告げられて、言葉をなくした。

ムフタールというと、六年ほど前に亡くなって――六年前？

ムフタールが亡くなったのもルトフィーが生まれたのも六年前だ。さらにその一年後にはアズィーズが留学した。

その時期、一、二年の間にこれらの事柄が集約されているのは偶然だろうか。

そう思っていると、すべてがムフタールの死からはじまった、とアズィーズはそう言った。

話は七年前に遡《さかのぼ》る。

当時イギリスに留学していたムフタールは大学で、ひとりの女性と恋に落ちたらしい。ムフタールは彼女にプロポーズしていたのだが、ムフタールは王位継承権が一位の王子である。また相手の女性は一般人であったため、彼女は身分違いだと自ら身を引いてしまった。しかし、彼女のお腹には既にルトフィーがいたのである。

「彼女はその後ひとりでルトフィーを産み――それが六年前のことだ。そして育てるために大学をやめて働いていたんだが、あるときムフタールがそれを知ったらしい。そこで彼女に会いに行った」

アズィーズの口調がより深刻になる。

「しかし、二人が会っていたとき、暴走車が彼らが並んで歩いているところに突っ込んで、二人とも亡くなってしまった」

「……二人とも？」

「そう、ひき逃げだった」

「私は兄が好きでね、とても尊敬していた。だから兄の死が信じられなくて、いろいろと調べたんだ。すると兄の死に不自然な点がいくつかあるのに気づいてね。もしかしたらこれは兄を狙って殺したのではないのかと思うようになっていた」

アズィーズはそこで自分もムフタールと同じ大学に留学することにしたという。するとナジムという男と出会うことになった。彼のほうからアズィーズへの距離を縮めてきたらしい。

さらに調べていくと、どうやらムフタールの事故のとき彼は近くにいたという。しかも彼の母親はアル・カーディルの寵愛を受けたと方々に言い回っていた。

続けてナジムを追っていくと、ハーキムと繋がりを持っていることも知ったという。ハーキムがナジムを見つけたのか、あるいはナジムからハーキムへ言い寄ったのかはわからないが、とにかく彼らが互いに手を組んでいるのは間違いない。

「これは、もしや、と思ってね」

だが最後の最後で尻尾を掴ませず、結局決定的な証拠はないままだった。

「もしかして、あなたはじめからナジムが怪しいと思ってたってこと？」

「そういうことだ。ナジムの目的ははっきりしていた。だからいずれ私も狙われるだろうと思って用心していたんだが。さすがに兄を殺してすぐに私を殺すことはないだろうと思っていた」

そういうことか、と庸はやっと納得した。

「それでナジムを側に置いたわけ」

「そうだ。近くにいるほうがより観察できるだろう？」

庸は感心した。アズィーズのほうがナジムたちよりも一枚上手だったということだ。

「ルトフィーは……お母さんが亡くなったあと、どうしていたの」

「……彼女が亡くなったあと、教会に引き取られていてね。私が調べを進めているときに彼の存在を知って、私の隠し子ということにして引き取った。兄の子だ。責任を持って育てないといけないだろう——なにしろ兄の子となれば、ルトフィーが次の王だ」

次の王——。

基本的に中東諸国では、男子の直系の直系から跡を継ぐ。

だから王位継承権は長男であるムフタール、その後はアズィーズではなく、ムフタールの長男であるルトフィーとなる。アズィーズはルトフィーの後だ。さらにナジムはとなると、さらにその次となって現在のところ、ほぼ王位を継げる位置にはいない。

ナジムはおそらくムフタールとアズィーズがいなければ、と思ったのだろうが、意外な伏兵がまだいたということだ。

「叔父上やナジムが王位を狙っているのをどうにかしないと、ルトフィーが兄の子であるということを公表はできないと思っていた。ルトフィーを危険な目に遭わせたくはなかったのでね」

だが、ナジムが庸がやってきたことで焦りを覚えてきたのか、なりふり構わない行動に走り出したことでアズィーズも動揺したらしい。

アズィーズも焦ったということだった。

「ついルトフィーを守らなくてはと思うと……そのせいでおまえを傷つけてしまった。悪かったと思っている。あのときおまえに言うべきかどうか……迷っていたんだ」

アズィーズの悲痛な声と表情が、彼の苦悩を物語っていた。

事情を聞けば納得する。どう考えても、彼が守るべきものはこの国であり、また未来を担うルトフィーだ。自分とは天秤《てんびん》にかけられるものではない。

しかし少しでも、天秤にかけるかどうか迷ってくれたことだけでも庸にとってはうれしく思えた。

「わかるよ。敵を欺《あざむ》くにはまず味方から、だよね。それにいくら信頼している相手だと言っても、秘密を漏らした人数によってリスクも大きくなる。あなたがひとりで抱え込んでいたのも今なら理解できる。ラウーフにナジムのことを言わなかったのもそうなんだろう？」

アズィーズはそれを聞いて、ふっと笑った。

「ああ。ラウーフにはルトフィーのことは打ち明けていたが、ナジムについてはなにも。私がよけいなことを言わないほうがいいと判断した。彼だけは私を裏切らないと思っていたからね」

彼はどれほどのものを今までひとりで抱えていたのか。

どうにかムフタールの子であるルトフィーを王位につけようと孤軍奮闘してきた、その困難さは想像するにあまりある。

「予想外だったのは、ルトフィーがおまえによく懐いたことだ。前にも言ったが、あの子の人を見る目は確かでね」

「俺のようなろくでなしのビッチにどうして、って思ったんだろ？　正直に言って」

にやにやとしながら聞くと、アズィーズは苦笑いを浮かべた。

「そういうことだ。しかしあの子の相手をしているおまえを見ていると、けっしていいかげんな人間ではないとわかった。――おまえに叱られたのは結構堪えたぞ」

彼が言っているのは、一番はじめにルトフィーと出会ったときのことだろう。

勉強が嫌で逃げ出した彼に無理をさせようとしたアズィーズを叱り飛ばしたことがあった。

「ああ、あれ」

「――まあ、あれで私はおまえに惚れ直したのだが。もともと好みのタイプだったが、あれが決定打だったということだ」

「それじゃあ、どうして俺を捕らえてあんなことしたわけ。あんなひどいこと」

「だから言っただろう？　タイプで、ベッドをともにした子が叔父上の手先かもと思えば逆上もするだろう？　これはふがいないことにハニートラップに引っかかったか、と焦ってしまってね、つい」

「早とちりすぎじゃない？」

「それくらいおまえに惹かれていたんだから仕方がない」

「開き直らないでよ」

気恥ずかしさもあって、口調がつんけんしてしまう。けれどアズィーズはやさしく笑うだけだ。

改めて、とアズィーズが真剣な目で庸を見つめる。

「……一緒にあの子を守ってくれないか。あの子はおまえを心から信じている」

「どこの馬の骨かもしれない俺でいいって言うの？」

「おまえのことはすべて知っている。なにしろ綿密に詳細に調べたからな」

にやりと笑われる。

「まったく、金持ちってのはだから。ま、そういうところも好きだけど——俺が頭がよくてお金を持っている人が大好きだって知ってるだろ？」

「それから、顔がよくて、セックスが上手い、も？」

「当たり。さすが」

あはは、と大きな声を上げ、二人で笑う。

そうしてどちらからともなく、首に手を回し、口づける。

啄《ついば》むような口づけを楽しんでいたそのときだった。

「殿下！」

従者が血相を変えて、駆け寄ってきた。ひどく顔色を悪くさせ、声が震えている。

「どうかしたのか」

様子のおかしい彼にアズィーズはなにか察したのか険しい顔をした。

「王が……っ、国王様が……！」

従者は言葉にならず、ただ、王がという言葉を繰り返すだけだ。しかし、それがどういう状態を指しているのかは、アズィーズならずとも庸にも容易に想像できる。

おそらく——。

「父上がどうかしたのか。落ち着いてゆっくり話せ」

アズィーズも血色を失いつつあった。従者に落ち着けという言葉はもしかしたら彼自身に向けているようにも思える。

「恐れ入ります。……国王様が危篤《きとく》状態に。——現在は医師団が駆けつけてとりあえず小康状態を保っていますが、早く殿下にもお越しいただきたいと……っ！」

従者は跪いて、ひとつひとつ言葉を区切りながらはっきりとそう告げた。

あぶないとは思っていたものの、いよいよそのときが来たらしい。

やはり、と庸は思いながら、アズィーズを見る。

アズィーズはしっかりとその場に立ってはいたものの、茫然としているようにも見えた。

「わかった。すぐに行く。——庸、続きは後だ」

アズィーズはカンドゥーラを翻《ひるがえ》し、慌ただしく出て行ってしまった。

7

「どうなの、ラウーフ。国王様の容態は」

庸が訊ねると、ラウーフは眉を顰める。

「予断を許さない状態のようでございます。今は持ち直しているとのことでしたが、もう手の施しようがないとのことで……」

ラウーフの口調からも深刻さが窺える。

庸には王宮の様子はまるでわからない。国王が近々身罷《みまか》られるとなれば、ルトフィーが即位することになるのだろうが、彼がムフタールの子であることはいまだ公表されていない。

国王の命によるものではあるけれど、こうなった以上は隠しておけるものでもないとは思う。だが公表してしまうと、今度はルトフィーの身が危うくなってしまうという、リスクもある。難しい局面であることは庸にも理解できる。

ルトフィー自身が幼い上、特に今は微妙な時期だ。反国王派の動きが活発になりつつある現在、果たしてそれを公表していいものかどうか。

反国王派にとっては、格好の機会だ。

きっとここぞとばかりに、現体制を覆《くつがえ》すべく活動を激化させるに違いない。国自体の騒動に便乗することは彼らにとってメリットだろうから。

ルトフィーとそしてアズィーズが心配でならなかった。

「少し気分転換なさってはいかがですか」

庸自身もきっと険しい顔をしていたのだろう。

いよいよ国王が危ういということで、アズィーズはラウーフにもなにもかも打ち明けた。彼に一部隠しごとをしていたことの謝罪も含めて。しかし彼は「わたくしは殿下にお仕えしているのですから、わたくしのことなどなにも気になさる必要はございません」と一刀両断した。

「気分転換……か」

「ええ。そうです。ちょうど今日は街で大きな市が開かれる日なんですよ。わたくしもちょうど買い物がありますし、よかったら庸様も。そのあたりをうろうろしている強面なのを何人か連れていけば殿下もお許しになるかと思いますよ」

「うん……そうだね。しばらく街にも出ていなかったし、アズィーズがいいというなら行ってもいいけど。ここにいても俺にはなにもできないし」

「わたくしが殿下を説得して参りますので、少しお待ちください」

お任せください、とラウーフが明るい顔を見せる。

彼はこのところの庸が塞ぎがちになっているのをわかっていて、そんな申し出をしてくれている。彼のその気持ちがうれしい。

すぐにラウーフが外出の許可を得て戻ってきた。

「あのさ、ひとつ提案なんだけど」

「なんでございましょう」

「俺がうろうろしているのって、危険は危険だと思うんだよね。つけいる隙があるというか。だから変装して行ったほうがいいのかなと」

「それはようございますね。でしたら、女性の格好はいかがですか。庸様は細身でいらっしゃるし、アバヤとシェイラをお召しになって、お化粧なされればきっとぱっと見にはわからないかと」

意外なことをラウーフが口にする。女装なんて思いつきもしなかった。

「アバヤか……いいかも」

なるほど、アバヤを着込んで頭からすっぽりヒジャブかシェイラを被ってしまえば、庸だと判断するのは比較的困難になるだろう。こういうとき、こちらの女性の衣装は便利だ。

そして自分自身もこちらの男性よりはやや細身の体格である。女性独特の凹凸のある体型をアバヤは隠してくれるから、女性と言ってもとおりそうだった。

「さあさ、では善は急げです。用意をいたしましょう」

ラウーフは部屋を出て行くと、あっという間に衣装を持ってきた。

黒に銀糸とビーズの刺繍のある落ち着いたアバヤと、揃いのシェイラ。

そしてアバヤの中に着るためのロングドレスだ。

正直なところ中に着るのはなんでもよく、若い子の間ではジーンズにTシャツということもあるらしい。

だが今回はさすがに中にカンドゥーラというわけにはいかない。用意してくれたドレスを着用し、アバヤをその上から着込む。

さらにシェイラをまとって鏡の中の自分を見ると、どこからどう見てもアハダルの女性だ。

「とてもお似合いですよ……！　殿下がご覧になったらきっと惚れ直しますとも」

さすがにそれは言い過ぎだろうと思い、笑ってごまかしたが、ラウーフは「こんなことならもう少しいいものを用意しましたのに」と心底悔しそうな顔をしている。

どうやら彼は庸のアバヤ姿を気に入ったらしい。それはともかく。

「カンドゥーラのときも思ったけど案外楽だな、これ」

このロングドレスも実はやはり抵抗があったものの、締めつけるものがない分、体にはかなり楽なものだ。

そうして目元にしっかりメイクをして外に出る準備をしておく。目元のメイクがあれば口元を隠すとさらに女性に見えるはず。

準備を整えて、庸はラウーフと数人のボディーガードを従え宮殿を出た。

「へえ！　賑やかだね。こんな大きな市はじめてだ。これは確かに一見の価値があるよ」

あたりを見回して、庸は弾んだ声を出した。

ラウーフに加え数人のボディーガードを引き連れている庸はどこからどう見ても、良家の令嬢が気まぐれに市場を見に来ているようにしか思えない。

これはこれでありだったな、と庸はほくそ笑んだ。

アハダル最大の広場に露店がひしめくように連なっている。

ガーランドで飾られていたり、鮮やかな色のテントが気持ちをわくわくとさせた。

まるで遊園地にでも来ているような、そんな楽しさだ。

ここでは食品から衣類、家具に調度品までありとあらゆるものが売られていて、イスタンブールのグランバザールがそのまま露店になったような感じである。

「そうでございましょう？　月に一度こうして大きな市が立つんです。結構掘り出し物があるんですよ。ほら、庸様、こちらを見てください」

ほら、とラウーフが指さしたのは、美しい絹のドレス。

「庸様にお似合いかと」

「ちょ、ちょっと待ってって、ラウーフ。あのさ、ドレスはいいから」

庸の女装をなぜか気に入った様子のラウーフはしきりにドレスを勧めてくる。

「こういうお色も似合うと思うんですけれどねえ……。今、お召しになっているものよりこちらのほうがお似合いになると思うんですよ」

ちらっ、とラウーフは庸の顔を見るが、苦笑を返すしかできない。

「いやいやいや、俺はこれで十分だって。っていうか、そんなにあっても着ていくところがないし。今日だけだし」

「庸様！　そういうものではありませんよ。殿下のお気持ちを繋ぎ止めておくためにも努力は必要です」

「努力って……別に……俺、男だってわかってる？」

「もちろん承知しております。気持ちの問題です、気持ちの」

妙な意気込みを見せるラウーフに、どう返答していいのかわからず、とりあえず、はは、と笑っておく。

彼が庸を元気づけたいという気持ちはわかるから、庸もそれ以上はなにも言わなかった。

不思議なもので住めば都というけれど、ここでこうして過ごしてみるとこの灼熱の太陽も、砂の匂いも、もうなくてはならないものになっている。きっとそれは恋に落ちたせいだ。

まさか恋に落ちるなんて――。

こんな年になるまで、本当の恋は知らなかった。今までの自分は体だけが大人のただの子供だ。ただ気取っていただけ。

毎日彼のことを思うなんて、少女めいた自分を、以前の自分が見たらきっと笑い飛ばすだろう。けれど本当の恋に落ちてしまったら、そんなこと笑い飛ばせるはずもなかった。

(今はおとなしく待つしかない)

今の自分にできるのは、ただ待っていることだけ。

「庸様、今日は好きなだけお買い物しましょう。まずは庸様のお好きなお茶でも」

あちらのお店にいいものがあるんですよ、というラウーフの明るい声が救いだった。

「そうだね。パーッと買い物しよう」

せめて今は、自分のことを考えてくれているラウーフのためにもひとときこの時間を楽しもう。

ラウーフと、それから自分たちにぴったりと寄り添っているボディーガードを数人引き連れて、あちこちの店をぐるぐると回った。ラウーフは「ちょうどいい荷物持ちがいてようございました」と茶目っ気たっぷりに笑う。

庸の好きな果物やお茶にお菓子をどっさりと買い、それから骨董品の店を冷やかした。

「すごい荷物になったけど」

ラウーフ自身も両手に荷物を持ち、めいっぱい買い物を堪能したようで満足そうな顔をしている。

「庸様はそれだけでいいのですか?」

彼に聞かれ「うん」とひと言だけ返す。

庸の買ったものは、小さなお守りが四つ。自分の分と、ラウーフ、ルトフィー、そしてアズィーズの分だ。受け取ってくれるかどうかわからないし、渡せるかどうかすらもわからないが、彼らのために買うという行為で自分が満たされたようで、いくらか気分が晴れた。

「では帰りましょうか」

車を取ってくるまでの間、広場の片隅で庸とラウーフ、それから残りのボディーガードは待っていた。

それにしても、と庸は改めて広場の周囲を眺める。

近代的な街並みのど真ん中にこれほど大きな広場があり、しかもうまく旧市街と新市街を繋いでいる。旧市街の伝統的な美しい建築物と、新市街の近代的な建物が見事に調和していて、見事としかいいようがない。

そう感心しながら、もう一度、市のあるほうへ目をやった。

「………?」

庸は市のほうへ向かっていくひとりの男の姿を見た。

カンドゥーラを着用しておらず、スーツ姿だったためもしかしたら見間違いかも、とよくよく目をこらしたが、見間違いというわけではなさそうだ。

「ラウーフ、ちょっと待ってて」

庸はそう言うと、すぐ側にいたボディーガードひとりに「あんたちょっと一緒に来て」と言って腕を引くなり小走りにその男のほうへ向かった。

声をかけられたボディーガードは突然庸が走り出したので、慌てて「お待ちください」と言いながら後を追いかける。庸は彼に「しっ、声出さないで」と小声で叱りつけると、見かけたスーツの男に気づかれないように後をつけた。

「あんた、名前は？」

歩く道すがら一緒についてきてもらったボディーガードに聞く。

「……ハイルと申します」

ハイル、と名乗った男は、庸よりもやや年下だろうか。まだ若い。が、やはりボディーガードとして雇われているだけあり、かなり鍛えた体つきで頼もしい。これならなにかあっても大丈夫だろう。

「ハイル、ね。なあ、あんた、あいつ誰に見える？」

庸は前を歩く男を指し、ハイルに聞く。

「……ナジム様でございますね」

「だよな。俺の見間違いじゃないな？」

「ええ。わたくしにはそう見えます」

「ハイルから見て、あいつ怪しくない？　こそこそしてるだろ？」

「……そうですね」

ナジムと思《おぼ》しき男はきょろきょろとあたりを窺うと、ガラクタのような骨董品の店に立ち寄り誰かを呼び出しているふうである。やはり近くでじっくりと見てもナジムにしか思えない。彼に双子の兄弟でもいるなら別だが。

「あの店……」

人相の悪い男が店から出てきた。

庸も先ほどあの店の前まで行ったのだが、人相の悪い男がまるで声をかけるなとばかりに睨みをきかせていて、結局なにも見ずに通りすぎた。

しかしナジムはまったく躊躇せずその人相の悪い男と一緒に店を出ると、それから旧市街のほうへと足を向ける。

「行くぞ」

もう少し後をつけることにして、庸たちも後を追った。ナジムたちは旧市街のさらにいかがわしい界隈《かいわい》へと進んでいく。

「へえ、あいつでもこんなところに来るんだ」

あのきれいな顔からは想像がつかない。このあたりは歓楽街でもことさらたちの悪い地区だと言われている。そんな場所にナジムが足を踏み入れるというのは、どういうことだろう。庸は首を捻った。

「ここって、ハイルもよく来る？」

「……いいえ。わたくしはほとんど参ったことは」

治安の悪いところですから、と彼は口にする。

地元の人間ですら敬遠するところに仮にも王族と関わりがある者がやってくるというのが解せない。

「庸様、これ以上はおやめください」

ハイルに止められたが「ちょっとだけだから」と庸はナジムを追いかける。背後でハイルの溜息が聞こえたが無視をした。

ナジムたちはどんどんと先へ進んで行くと、とある古い建物に入っていく。それからしばらく庸たちも粘っていたが、彼らは出てくる気配を見せなかった。

仕方がなく、庸たちは引き返すことにする。

「あそこ、なにかわかる？」

庸はナジムが入っていった建物へ目を遣って、ハイルに訊ねた。

「さあ……昔は娼館かなにかだったのでしょうが、今は営業していないようですね」

ハイルは建物を見上げてそう口にする。

庸も見上げるとそこかしこがボロボロで今にも崩れ落ちそうだ。

「さあ、参りましょう。もうお気が済まれたでしょう」

そう促されて、庸は仕方がなくハイルに従う。

元の広場へ戻ると、ラウーフが心配そうに佇んでいた。

「庸様！」

ラウーフは庸の姿を見つけると、今にも飛びつかんばかりに走り寄ってきた。

「ご無事でしたか……！」

ほっとした様子を見せるラウーフに庸は申し訳ない気持ちになる。かなり心配させてしまったらしい。いきなり飛び出して行ったのだから当然かもしれない。

「ごめん……！　心配かけちゃったかな」

「心配かけちゃったかな、ではありません！　どれほど心配したか。わたくしの心臓が壊れるかと思いました」

「悪かった。後でわけを話すから」

まずは車に、とラウーフと一緒に車に乗り込む。

車窓から広場とそれからナジムのいた旧市街を庸はじっと見つめた。

「どうかなさいましたか」

ラウーフがぼんやりと外を見ている庸に声をかける。

「うん、さっきわけを話すっていっただろう？　そのことをね、ちょっと考えていたんだ」

庸はラウーフに先ほど見た光景のすべてについて詳しく話をした。

ナジムが市にいたこと。追いかけたところ、彼が胡散臭い人物と会い、その人物といかがわしい地区へ出向き、見るからに怪しげな建物の中に入って出てくる様子がなかったこと――。

「え！　ナジムが」

ラウーフは驚いたらしく大きな声を出す。

「一体なにしに行ったのでしょうか……。そちらの地区は地元の人間もなかなか立ち寄らないのですが……」

怪訝そうにラウーフが首を傾げ、考え込んだ。

「とにかく妙な雰囲気だったんだ」

「気になりますね。わかりました。わたくしも少し調べてみましょう。……それよりも庸様がご無事で安心いたしました。いくらボディーガードを連れて行かれたといっても、危ない目に遭いかねませんでしたし。今度からはあまり勝手なことはなさいませんように」

結局、ラウーフに叱られて庸は肩を竦める。

だが、この時期に不穏な行動をとるナジムのことは宮殿に戻るまでの間、ずっと考え続けていた。

宮殿へ戻ると意外な人が庸を待ち受けていた。

「庸！　庸！」

それはルトフィーだった。ルトフィーが庸を訪ねてやってきたのだ。

部屋に入ると、庸の体に飛びついてきた小さな体。

「ルトフィー！」

庸は思わずルトフィーを抱きしめる。

ルトフィーの顔を見られなくなって、ひと月ほども経っていた。久し振りにルトフィーの顔が見られて、庸もうれしくなる。

「庸！　お元気でしたか？」

ぷっくりとしたほっぺたを紅潮させて、きらきら目を輝かせてルトフィーが聞く。

彼はとても元気そうだった。国王が危篤状態になる前にアズィーズから聞いていたような、やつれた様子はない。

よかった、とほっとしつつ、突然のルトフィーの訪問にどうかしたのかと不安にもなる。

「うん。元気だよ。ルトフィーは？　いい子にしてたか？」

訊ね返すとルトフィーはほんのちょっぴりバツの悪そうな顔をして「ちょっとだけ悪い子でした」と小声で答えた。

「こら、どうして悪い子だったの」

「だって……父上が、庸に会わせてくれるって約束したのに、約束を破ったんです。だから」

ぷうっとふくれっ面になって、可愛らしい愚痴を聞かせてくれる。悪い子になったのが、自分のせいだと思うと申し訳ない気持ちになるが、同時にそれがまたうれしくもあった。

「そっか。俺に会いたかったのはうれしいけど、やっぱりお父上を困らせちゃダメだな。だけどね――」

こっそり「これは内緒だけど、俺はうれしいよ」とルトフィーに耳打ちすると彼はめいっぱいの笑顔を作って、「庸！　大好き！」とぎゅっと抱きついてきた。

「それで、今日はお父上がここへ来るのはいいと言ったの？」

聞くと、ルトフィーはこっくりと頷く。

「はい。今日と明日は庸のところにお泊まりしてもいいとおっしゃいました。……またしばらく会えなくなるかもしれないから、って」

ルトフィーの言葉に庸は言葉を詰まらせそうになった。

それはとりもなおさず、ルトフィーが王宮へ行くことを意味しているのではないかと思ったからだ。

確実に新しい王としての即位の準備が進んでいるということになる。

「そっか……。じゃあ、お言葉に甘えて今日と明日はめいっぱい遊ぼう」

「はい！」

「ラウーフにおやつもいっぱい用意してもらおうか」

「はい！」

元気いっぱいの少年に庸は目を細めた。

こうして無邪気に笑っていられるのもあと僅かなのかもしれないと思うと、胸が痛くなるような気がする。もっと子供の時期を楽しんでもらいたいと思うのに。

この少年が王座につく——ルトフィーの素直な明るさはきっと誰の心も癒やすだろうけれど、まだ荷が勝ちすぎている。

しかしもうそれは許されないのだ。

「あ、そうだ」

ちょっと待ってて、と庸は立ち上がって買い物の荷物の中から、あるものを取り出す。

市で買い求めたお守りだ。

「ルトフィー、これを」

ハムサという名のお守りが彼らにとってどういうものかわからないが、邪悪なものからルトフィーを守ってくれますように、とネックレスになっているそれを庸は手渡した。

「わあ！　ありがとう！　大事にします」

ネックレスを受け取ったルトフィーは目を輝かせて喜んだ。

「つけてあげようか」

「はい！」

庸はルトフィーにネックレスをつけてやる。

「実はね、お父上の分もラウーフの分も、そして俺の分もあるんだ。みんなでお揃《そろ》い」

それを聞いて、もっとルトフィーは喜ぶ。

「すごいです！　すごい！　うれしいです！　ありがとうございます、庸！」

庸も自分でルトフィーとお揃いのネックレスをつける。

「お揃いだよ。だからまたしばらく会えないかもしれないけど、これを俺だと思って」

「はい！　もうこれで寂しくありません。いい子にします」

「うん、いい子でいたらまたお父上がご褒美くれるよ」

はい、とひときわ元気にルトフィーは返事をした。


ルトフィーは遊び疲れたのか、夕食の後すぐに寝入ってしまった。

寝顔を見ながら、庸は彼の頭をやさしく撫でる。

「なんだ、寝てしまったのか」

いつの間にやって来ていたのか、アズィーズが側に寄ってきた。

「うん。遊びすぎてね」

「まったく、この子は……おまえが甘やかすから」

眉間に皺を寄せ、呆れたように庸に言う。

「いいじゃない。だって――ううん、なんでもない」

王宮へ行くんだろう？　と聞きそうになって、言葉を濁した。

「それはそうと、あなたも疲れてるみたいだね」

「……ああ」

素っ気ない返事。まだわだかまりは解けてはいない。

アズィーズは庸のほうを見もせずに、ルトフィーへ視線をやる。そうして、彼の首にかかっているネックレスに気づいたらしくベッドへ腰かけると、ネックレスへ手をやった。

「これは？」

「あ、ああ。……今日、ラウーフと市へ行っただろ。そこで買ってきたお守り。ハムサはこっちではお守りだっていうから。迷惑だった？」

許可も得ずに勝手なことをしたか、と思っていると、アズィーズは「いや」と首を振った。

「別に迷惑ではない。――おまえも？」

　アズィーズは庸も同じものをつけていることに気づき、訊ねる。

「そう。ルトフィーと俺の分だけじゃないよ。あなたのも、それからラウーフのもあるけれど」

「私のものも？」

きょとんとした顔をして聞き返す。それがなんだかおかしくて、庸は頬を緩めた。

「迷惑じゃなければ、あなたにもプレゼントするけれど。……どう？」

「せっかくだからいただこう。——ああ、それがいい」

アズィーズは庸のつけているネックレスを指さす。

「これ？」

聞き返すと彼は頷いた。

「全部同じものなんだけどね。……ま、いいけど」

くすくす笑いながら庸は自分の着けていたネックレスを外し、彼に手渡す。

「なんだ、着けてくれないのか」

だだっ子のような口調に、ふふ、と庸は笑う。

「いいよ。着けてあげる」

アズィーズの後ろに回って庸は彼の首にネックレスを着けた。

着け終えた庸の手が掴まれて、引き寄せられる。

「ところで、その姿は……？」

アズィーズが庸の格好を見てにやにやとしている。

そう、ラウーフと一緒に買い物に出てから今まで着替えていなかったため、アバヤは脱いだものの、庸はまだ女性もののドレスを着ているのだった。

「え？　あ！」

ルトフィーと遊んでいて、すっかりそのことを忘れていた。

「こ、これは……その、街へ行くときに変装したほうがいいと思って、その……アバヤなら人の目をごまかせるかなと……」

もともといつも着ているカンドゥーラはロングドレスのようなものだから、まるで違和感がなかったのだ。

——慣れって怖い……。

あはは、と乾いた笑い声を出す。

するとアズィーズが「てっきりそういう姿で私を誘っているのかと思ったが」と庸の手の甲に口づけた。

「そんなつもりじゃなかったんだって」

彼に口づけられた手の甲が熱い。それに——どうしてか、やけに心臓がうるさく鳴っていた。

これじゃあまるで初心《うぶ》な小娘だ、と思いながら、胸がときめくのを抑えられない。心の中が甘い感情でいっぱいになって、アズィーズの顔がまともに見られなくなってしまう。

「こういうのも悪くない」

「バカも休み休み言え。……ったく、恥ずかしいだろう？」

「似合っている。美人はなにを着ても似合うものだな」

「だから恥ずかしいって言ってるのに」

「照れなくてもいい。今度、もっとおまえに似合うものを贈ってやろう」

ラウーフといい、アズィーズといい、なにがどう彼らのツボにはまったのかわからないが、なぜか二人とも庸の女装姿が気に入ったらしい。

「とはいえ、こういう姿は私の前だけにしておけ」

そう言いながら、アズィーズは庸の背中に手を回し、後ろのファスナーをゆっくりと下ろした。

長いドレスをたくし上げ、汗ばんだ下肢の奥へアズィーズの指が伸ばされる。上半身は脱がされ、先ほどからずっと胸元への愛撫を仕掛けられていた。

はだけられたドレスの襟元から覗く乳首は尖りきり、彼の唾液でぬらぬらといやらしく光っている。

「やはり誘っていたんじゃないか」

剥きだしになった下肢に目をやって、アズィーズが唇の端を上げる。

そこには触れれば弾けそうになるほど膨らみきったペニスがある。

ドレスの布地から覗くそれはひどく卑猥に見えていた。

いつもカンドゥーラの下には、さらりとした長めのズボンを穿いているのだが、今日はドレスを着ていたためそれは脱いでいた。要するに下着をなにも着けていなかったのだ。

「だから違うって」

反論する庸の言葉などなにも聞いていないとばかりにアズィーズは「今度は下着も用意させよう」と露になった庸の勃起しきったペニスに指を搦ませた。

「あ……んっ、ん、んッ……」

握られたペニスをゆっくりと擦られると、体の芯に火が点《つ》いてしまう。そこから生まれる熱に徐々に体が支配されていく。

ちゅ、と胸元に吸いつかれ、肌に赤い色を刻まれる。

「……あ、あぁ……あ、ああっ……」

両手でアズィーズの頭を抱え込み、かき混ぜるように手を動かすと彼のクーフィーヤがずれ

落ちた。だが彼はそれを鬱陶《うっとう》しそうにどこかへ放りだし、庸への愛撫を続ける。

パンパンに膨らんだペニスの先から蜜が溢れて、茎を伝った。

「んん……っ、あ、あ……ぁ」

庸はアズィーズの黒い髪の毛をぐしゃぐしゃに掻き回し、あられのない声を上げる。

「もっと聞かせろ。おまえの声はやけに私を興奮させる」

アズィーズは余裕なく熱っぽい荒い息を吐く。

そうして庸の脚を割り広げ、脚のつけ根へと指を滑らせた。まだきつく窄《すぼ》まっている蕾へ彼の指がのめり込んでくる。

「う……っ、あ、アッ……アアッ！」

彼の指が抜き差しされ、そしてその指の節が内壁を抉るように擦り上げた。さらに敏感な場所を行き来されると、触れられてもいないペニスから雫がぽたぽたとこぼれ落ちる。

知らず膝頭を跳ね上げ、内腿をガクガクと痙攣させてしまう。

「庸……いいか」

チュッと唇に軽い口づけを与えられ、庸はこっくりと頷く。

早く彼の熱いものをそこに入れてもらって、その熱で自分を蕩かしてもらいたい。

「あなたのこれ……ちょうだい」

庸はアズィーズ自身に手を触れる。滾りきったそれはとても熱く、庸同様とうに先を濡らしている。

彼が自分を欲しがっている。そう思うと庸の中が待ちきれないとばかりにキュンと疼いた。

「……庸」

口づけながらアズィーズはその熱い塊を庸の中に沈めていく。

ずるりと奥まで埋め込まれて、彼がのめり込んでくる感触を背を仰《の》け反《ぞ》らせながら声を上げて味わう。

「あ、あっ……、あんっ……ぁ……」

一番太い箇所を飲み込ませ終えると、庸の意志などお構いなしに肉襞はアズィーズに絡みつく。きゅうと締め上げ、彼のかたちを実感した。

「……おまえの中はすてきだ……」

アズィーズはしっかりと庸の腰を抱きかかえ、すべて飲み込んでいるところをまじまじと見る。きっとそこは淫らにひくひくと蠢いていることだろう。

「きれいだ、庸」

そう言うやいなや、アズィーズは庸を突き上げはじめた。

「アッ！　あ……あっ、……あ、アッ」

思うさま奥を抉られ、快感にむせび泣く。まるで発情期の獣のように嬌声を上げて庸は腰を振った。

胸を手のひらでまさぐられ、乳首を摘まれてねじり上げられ、奥を擦られる。

「……い、いいっ……、そこ、もっとして……っ」

ずん、と奥の奥までアズィーズのペニスが届き、庸はどうにかなってしまうのではないかと思うほど、頭の芯が痺れてなにも考えられなくなる。

「……溶ける……溶けちゃう……」

アズィーズの背に縋りつくように爪を立て、最奥をきつく引き絞る。

「あなたの……奥にかけてぇ……っ、白いの、ちょうだい」

卑猥な言葉でねだると、アズィーズのものがさらに大きくなる。

「ああ、たっぷりとくれてやる……」

彼は庸を思い切り激しく穿つ。

アズィーズの荒い吐息と、自分の喘ぎが聞こえるだけで、ただ快感が襲い、頭の中がぼうっとしてくる。下肢はもう蕩けきって、自分のものではないような気がした。

「……っ」

アズィーズの微かな呻《うめ》き声が聞こえたかと思うと、中を熱い飛沫で濡らされて、溶かされる。

「アァ――――ッ」

どくどくと注がれるそれを蕩けきった中で感じながら、庸も自らを解放させた。

びゅくびゅくと自らの腹の上に蜜を吐き出しながら、全身が蕩けきるほどの悦楽を覚える。

それは夢のようなひとときだった。――さながら嵐の前の静けさとでもいうような。

8

数日後の午後。

アズィーズの使いが訪れ、王宮へ至急やってこいとの伝言をラウーフが受けた。

「え、アズィーズが？」

「はい。なんでも急ぐとのことで」

「なんだろう……。王宮なんて」

王宮になど一度も訪れたことがない。しかし至急というくらいだ。もしかしたらルトフィーになにかあったのかもしれない。とにかく行くしかないと庸は息を呑んだ。

「わたくしも一緒に参りましょうか」

王宮へははじめてということで、ラウーフがそう申し出てくれた。しかし子供でもあるまいしと庸は笑い飛ばす。

「大丈夫だって。心配しないで」

「そうですか……。それにしてもどんなご用なのでしょうね。もしやルトフィー様になにか」

国王が生死を彷徨《さまよ》っているというこの微妙な時期に、庸を王宮に呼び寄せるというのはどういう意図があってのことなのか。

ルトフィーもそろそろ王宮へ行ってしまっただろうから、そのことに関係するのかもしれない。だとすれば心配だ。

皆目見当もつかないまま、用意された車に乗り込む。

「なにかありましたらご連絡を」

「わかってるよ。そんな顔しなくても大丈夫。すぐ戻ってこられるって」

窓から手を振って、笑顔を見せる。

ラウーフには心配しないでと言いつつ、妙な胸騒ぎを覚えてはいたが。

車が走り出し、庸は車窓を眺める。しかし、しばらく走って様子がおかしいと気づき出す。

いくら庸がよそ者でも、この車が王宮へ向かって走っていないことは確かだったからである。

「ちょ、ちょっと待って！　こっちは王宮じゃないだろ！」

隣に座っているボディーガードと運転手に交互に話しかける。が、彼らはまるで庸の声など聞こえていないというようにまるっきり無視をしている。

空気がまとわりつくように重たい。

庸は息を呑んだ。

車は新市街から旧市街へ向かって入る。隣の男の目を見ると、蛇のように冷ややかでぬめりを帯びていた。

背筋に嫌な汗が滲む。

「なあ！　おい！　どこに連れて行くんだ！」

庸はにわかに不安になる。ざわざわとした得体も知れない恐怖に襲われた。

「お静かに願います」

「お静かに、って！　おまえら本当にアズィーズの使いか？」

先ほどの妙な胸騒ぎはこれだったのだ。もしかしたら、彼らはアズィーズの使いなどではないのかもしれない。それより自分をこうして連れ去ってどんなメリットがあるというのだ。

どのみちこの車からは出たほうがいい。走っている車から出れば、怪我をしかねないが、それでもこのまま乗っているよりはましだ。

庸は隙を窺って、信号で止まる直前車のドアに手をかけた。

「――っ！」

だが、相手のほうが一枚上手だった。

「お静かに」

冷酷な声でそう言われるなり、小瓶を鼻にあてがわれる。吸い込んではいけない、そう思ったのも束の間、すぐさま頭の奥がぐらりと揺らいだ。

意識が急速に薄れる中、ボディーガードの男と運転手が「……ジム様……ハーキ……連絡を」という言葉を交わしていたのを聞き取る。

後はそれきり景色が黒くなった。


「……っ」

かび臭い、薄暗がりの中で庸は目を開けた。

意識を落とす寸前に嗅がされた薬のせいだろうか。ひどく頭が痛い。

「いて……」

頭を少し動かすだけで、頭の中身がすべてシェイクされているような気持ち悪さを覚えた。

腕と体を縄でぐるぐる巻きにされており、地べたに転がされて寝かされている。

似た状況を一度経験しているだけに、苦笑する。オリジナリティのかけらもない展開に笑えてくるだけだ。とはいっても笑いごとではないが。

「……ったく、あいつら……。俺は焼き豚かよ」

たこ糸で縛られた焼き豚よろしく、縄を打たれている様に庸はげんなりとする。まだ殺されていない分、ましと言えばましなのか。

目覚めてややしばらくすると、いくらか頭痛も気持ち悪さも軽減してきた。

少し楽になったところで、ようやくあたりを観察する。

部屋はごくごく小さな部屋だ。庸がひとり横になるくらいがせいぜいの。

「ここ……どこだ」

天井付近に小窓があり、どうやらそれが明かり取りらしい。

チュッ、となにかの鳴き声のような音が聞こえ、ごそごそという物音とともに、その小窓の付近を小さな影が横切っていった。

「ネズミ……？」

もしかしたら、ここは地下室なのかもしれない。

思い至ったその頃には庸の頭もかなり冷えていた。

幸い今のところ人の気配はない。耳を澄ませてみたが、この部屋の扉の向こうで一切物音はしなかった。おそらく庸をここへ閉じ込めた輩は、庸を拘束したことでいったんここを離れたのだろう。

しかしこのような古びて朽ちる寸前の建物とはいえ、なにが仕掛けられているかわからない。

一応は警戒しておいたほうがいいだろう。不用意に独り言を漏らすのもやめておかなければ。

庸は用心しようと、身を引き締める。

さて……、と庸は冷静に頭を巡らせた。

こんなことをする者の見当はだいたいつくが、まさかこのような強硬手段に出てくるとは思わなかった。

国王の容態が芳《かんば》しくないということで、勇み足になっているのか。

(俺を始末しなかったところを見ると、なにか取引に使われるのか……)

直接アズィーズの命を狙わず、庸を拉致して監禁するとなると、彼らにとってはアズィーズ自身の命を狙っても意味がないと考えたのかもしれない。

(……ってことは)

考えを及ばせて、庸の体が凍りつく。

彼らはルトフィーへとたどり着いたのかもしれない。

王位継承権一位が現段階でアズィーズとされていたが、そうではないことを知ってしまったとしたら――。

(ルトフィー……)

ぶるりと体を震わせる。

「くそっ」

唇を噛んで、呪詛《じゅそ》の言葉を吐く。あの子になにかあったらと思うと気が気ではなかった。

だが、今の自分にできることはなにもない。

もう一度よく考えてみる。

例えばアズィーズとルトフィーを始末するために、庸が邪魔なら単にそのまま始末してよかったはずだ。殺してどこかに埋めるなりすればいいだけ。それをこうして別の場所に移して拘束するということはまだ庸には利用の価値があると彼らは踏んでいる。

（それならこのままにはしておかないはず）

そのうち誰かがやってくる。

まずは体力を温存して、いずれ訪れるチャンスを待つしかない。

庸はその場でおとなしくじっとしている。

明かり取りの小窓からの光が翳《かげ》り、ほんの少しあった光もなくなった。あたりは真っ暗で、夜がやってきたことを示す。

庸がうとうととしていると、微かな物音が聞こえ、その音で庸は目が覚める。

薄目を開けるが変わらず周囲は暗いままだ。

「……誰」

誰かが近づいてきた気配に、庸は口を開く。

「ナジムだろ、あんた」

ほんの数度しか会ったことはないが、彼が使用している香の匂いが僅かにする。

庸の言葉にそこにいた人間は動揺したらしい。靴音を鳴らす。

「……あなた案外頭が回るんですね」

悔し紛れのような声がした。

「わかるさ。見え見えだろ。俺程度にまるわかりなんだから、俺よりもあんたを知っている人たちは皆、あんたの行動なんかお見通しだ」

「どう思われてもいいですよ。もうすべての準備は整ったのでね。……あなたは用済みになりました。いざというときにと思ってこちらに来てもらいましたが、もうその必要もない」

勝ち誇ったような声がして、庸はギリと歯噛みする。

「なにがどう準備が整ったっていうんだ」

「きみはここでゆっくりしているといい。どうせこのままきみはこの建物ごと葬られてしまうのだからね。――ああ、ひとつ教えてやろう。先ほど、国王陛下が身罷られた」

国王陛下が……！

庸はそれを聞いてしばし茫然とした。となると、今、王宮は混乱しきっていることだろう。

狼狽《ろうばい》している庸にナジムはふふっとおかしそうに笑う。

「きみの大好きなアズィーズとあの子供は明日の朝まで無事でいられるかな」

くくっ、と喉を鳴らすナジムに庸ははっと我に返った。

「――！」

「今頃、きみのアズィーズはきみがいなくなったことを知って、平静ではいられなくなっているはずだ。さて、彼はどう出るかな。彼が王宮から出ればあの子供はひとりになる。ひとりになったら誰が守ってくれるのかな？　かといって、きみを見殺しにするような男でもないだろう？　本当に……あの子がムフタールの子だったなんてね。そうと知っていたらもっと早くに始末していたのに。とんだ計算違いだ」

ちっ、とナジムは舌を打った。

「まあ、苦しまずに死なせてあげるから。本当はきみくらいの器量良し、どこかの娼館に売ってもよかったんだけどね」

ははは、と高らかな笑い声を上げて、ナジムは去っていった。

扉が閉まったあと、あまりの悔しさに庸の目から涙がこぼれる。

足手まといになった自分が情けなくてたまらない。アズィーズとルトフィーの手助けをしようと思っていたのに、自ら彼らの罠に落ちてしまったことに憤りを覚えていた。

「明日の朝……」

ナジムは明日の朝、と言っていた。明日の朝、王宮が混乱しているのをいいことにもしかしたらクーデターが仕掛けられるのかもしれない。

だったら早く誰かに知らせなければ。でもどうしたら……。

考えても考えてもいい考えは思い浮かばない。時間だけが確実に過ぎ去っていく。

ナジムが立ち去ってから、かなりの時間が過ぎたときだった。夜が明けてきたのか、心なしか小窓のあたりが薄明るい。

外でガタンと大きな物音がした。

庸は誰かがいる、と察し、外へ向かって大声を出す。

「誰か……！　誰かいないか……ッ！」

それでもなお、大きな声を出し続けた。

が、こちらに近寄ってくる様子は見られない。それでもなお、大きな声を出し続けた。

そろそろ喉が限界だ、そう思っていると、ドオン、と鼓膜を劈《つんざ》くような凄まじい爆発音が、すぐそこで鳴り響く。さらに地震にも似た揺れと衝撃が庸を襲った。

「うわっ！」

縄で縛られ、転がされている体ではなにもできない。小窓からは大量の粉塵《ふんじん》が入り込んできて、あまりに息苦しく咳き込む。

ナジムが言った、建物ごと葬る、という言葉が頭を過る。

「庸！」

声とともにドアが激しく叩かれ、部屋の扉が開く。開いた扉の間から見えたのはアズィーズだった。

「どうして……！」

こんなところに、と言おうとすると「そんなことより早く」と彼は手際よく庸を縛りつけている縄をナイフで切った。

「行くぞ。大丈夫か」

体を起こされて、手を引かれ、部屋を出る。思ったとおり、この部屋は地下にあって、石段を駆け上がり地上へ出る。

庸とアズィーズが地上に出た瞬間、今までいた建物が崩れ落ちた。

「ここごとおまえを葬るつもりだったんだろう。……間一髪だったな」

アズィーズが庸を振り返ってほっとしたように口にする。

彼の言うとおりだ。崩落した建物を見ながら、あと少し遅かったらと思うとぞっとした。

そして自分がいた建物が、前にナジムを追っていたときに彼が入っていった建物だと気づく。

「どうしてここが……？」

「ラウーフとハイルのおかげだ」

庸がいなくなったあと、ラウーフがすぐに気づき、アズィーズに連絡し、そして捜索をはじめた。ラウーフはこの前、庸と買い物へ出たときにナジムが不審な動きをしていたことを思い出し、ナジムが消えたあたりを重点的にハイルたちに探させたのだ。するとこの建物の前で、あるものを拾ったという。

「これだ」

それは庸が買ったお守り。皆でお揃いの、ネックレス。いつの間に落ちていたのかまったく気づいていなかった。

ハイルとラウーフの報告を受け、そうしてルトフィーを安全な場所に移してアズィーズはやってきてくれたということだった。

「これが……！」

「おまえを守ってくれたんだ」

思いがけない守護の力に庸は感謝する。それとともにラウーフやハイルやそしてアズィーズに自分が守られていたことにも。

「……ありがとう、アズィーズ。助けにきてくれて」

そう口にする庸の肩をアズィーズはそっと抱く。

「ぼやぼやしている暇はないぞ。王宮へ戻る」

アズィーズは庸の手を引くと、すぐさまその場を立ち去った。


王宮へ戻ったのはほぼ夜明けと同時。

戻ってくる間、街の様子を眺めたがいつになく街はしんと静まりかえっていて、どこか不気味にも庸には思えた。

「ルトフィーは？」

聞くとアズィーズは「安心しろ。あの子は無事だ」と自信ありげに言う。

安全な場所と彼は言ったが、いったいどこに匿《かくま》われているのだろうか。ナジムのあの様子ではルトフィーの命だって危ういと思えるのに。

車が王宮の門をくぐる。庸はここへやってくるのははじめてだ。

アズィーズの宮殿も素晴らしいと思っていたが、ここはその宮殿を凌駕《りょうが》するほどのスケールの大きさと絢爛な場所だった。

「こっちだ」

広く長い回廊を小走りに急ぐ。

とある大きな部屋の前でアズィーズは立ち止まった。

部屋の前には幾人もの衛兵。厳重な警備に庸は気後れする。

「父上、アズィーズです」

アズィーズは名乗るなり、部屋の中へ入っていく。

父上？

国王陛下は身罷られたのでは、と庸は首を捻ったが、「早く」と急かされ、一緒に中へ連れて行かれた。

ずかずかとアズィーズは奥へ奥へと進んでいき、中央に設えられている寝台の前に立つ。

「父上、ただいま戻りました」

やはりアズィーズは「父上」と口にする。すると寝台の上で人影がのそりと起き上がる。

「おお、そなたが」

人影――それはテレビだの新聞だので見たことのある、アル・カーディル国王その人だった。

「え？　えええええええ？」

庸は目をぱちくりとさせる。死んだんじゃなかったの、という言葉がうっかり口から出そうになる。だが、目の前の国王陛下は確かに生きているし――それになんだかやけに元気そうだ。

「あ、あ、アズィーズ、これ……どういうこと？」

隣にいるアズィーズはクスクスとおかしそうに笑っている。

「庸、こちらが私の父、アル・カーディル国王陛下だ」

はじめて会う国王は鷹揚に笑っている。

「はじめまして、庸殿。このたびは迷惑をかけて悪かった。まったくわしの不徳のいたすところでな……いや、このとおり」

国王陛下に謝罪され、恐縮するしかできない。

「あ……いえ」

庸はただ茫然と突っ立っているしかできなかった。……さらに。

「庸！　庸！」

寝台からぴょこんと小さな頭を出したのはルトフィーだ。ルトフィーは寝台から降りると、庸の元にまっしぐらに駆けてきた。

「ルトフィー……！　よかった……！」

彼の無事な姿を見られて、庸はほっとする。これで一安心だ。しかし。

「アズィーズ……？　ちゃんと説明して」

ちら、とアズィーズを見ると、彼は肩を竦めて苦笑いする。

「説明したいのは山々なんだが……後にしてもらえるだろうか」

え、と庸が聞き返そうとするなり、部屋の扉が乱暴にバタンと開いた。

「アズィーズ！」

声を張り上げてやってきたのは、ハーキムだ。でっぷりとした体を左右に揺らし、横柄な態度でずかずかと歩いてくる。

「なんだおまえは！　こんなところに呼び出して……！　陛下が身罷られたのだぞ！」

「なにをおっしゃっているのですか？　叔父上」

アズィーズはずいと前に出る。

「え？」

呆気にとられたのはハーキムのほうだ。それもそのはずで亡くなったはずの国王は寝台の上で起き上がっている。

「あ、あ、あ……！」

ハーキムは目を丸くして、ガクガクと震えていた。そこに追い打ちをかけるようにまた扉のほうで声がする。

「アズィーズ様、連れて参りました」

その声とともにやってきたのは、縄を打たれたナジムの姿だった。

庸はなにがなんだかさっぱりわからず、ぼんやりとこの光景を見つめるだけ。そのとき寝台の上から声がかかった。

「ハーキム、残念ながらおまえの企てはすべて未然のうちにアズィーズが壊滅させた。おまえが反国王派を誘導してクーデターを企てたことも、ナジムを使って、王位を我が物にしようとしたことも、なにもかもだ。証拠はすべて上がっておる」

「あ、兄上……、それは……なにかの間違――」

ハーキムが口を挟もうとしたのを国王は「黙れ！」と一喝する。

「黙っておれ。――そしてナジム。おまえはわしの息子であると主張し、一度は認めたが、残念ながらおまえがわしの子ではないことが判明した。――おまえはわしを謀《はか》ったのだな」

冷たい声がナジムに向けられる。

「な、なにをおっしゃいますか……！　私は鑑定結果も……」

「その鑑定結果が捏造《ねつぞう》であると証明されたよ。おまえが手心を加えて虚偽の結果を出させたのは明白。さらにここにいる庸を拉致し、亡き者にしようとするなど、ハーキムと共謀して、この国を乗っ取ろうとしていたことも既に証拠が揃っている。追ってしかるべき措置をとるから、それまで牢に入っておれ」

張りのある声が部屋中に響き渡った。

庸はそれらを聞きながら、アズィーズを見る。彼は満足そうに庸を見て微笑んだ。


「敵を騙すにはまず味方から、だろ？」

そう言って、アズィーズは笑う。

ハーキムとナジムが目に余るようになり、アズィーズと国王は一計を案じたということだった。国王は病に臥せっていたのは確かだったが、それほど深刻な病ではなかったらしい。しかし深刻だと触れ回ることで、彼らが動き出すだろうと踏んだ。また、庸の存在も彼らには効果的だったらしい。

「じゃ、あの国王陛下が危篤だっていうのも？」

庸の問いにアズィーズはにやりと笑う。

「いい芝居だっただろう？」

「……まんまと騙されたよ。あなた、俳優でもやっていけるんじゃない？」

呆れたような庸の言葉にアズィーズはおかしそうに大きな笑い声を上げた。

アズィーズの策が功を奏して二人をあぶり出すことに成功したものの、大きな動きは見られない。そこで意図的に一気に解決へと向かわせることにした。それが――。

「だから国王陛下が身罷った、と耳打ちしたんだ」

「そう。そうすれば彼らが動くと思ったからね。でも、庸を危ない目に遭わせてしまった。申し訳ない。こちらばかりを注視していて、彼らのイレギュラーな行動を把握できなかった」

アズィーズは平謝りに謝る。

そしてルトフィーのことも、彼自身に出自を打ち明けたのだと言った。

「泣かれたが、わかってくれたよ。――そうだろう？」

ルトフィーを抱き上げてアズィーズは彼に微笑みかける。

「父上が、本当の父上じゃなかったの……悲しかったです。でも、父上はずっと父上だとおっしゃってくれたんです。そしてぼくには本当の父上と、今の父上の二人の父上がいるよって。だから……いいです」

ルトフィーがにっこりと笑った。それは少し大人びたような笑顔で、彼は彼なりに受け入れたのだと庸は思った。

「ルトフィーが兄のムフタールの子だと打ち明けたら、父上はすっかり元気になられてしまってね。今ではルトフィーを目に入れても痛くないいくらい可愛がっているよ。あれでは躾にならないんだが。とにかくあの分ではこの子が大きくなるまでは退位しないだろうよ」

アズィーズは困ったように苦笑いをしていたが、これで彼も肩の荷が下りたことだろう。

「そっか。じゃあ、全部丸く収まったってことか。よかった……」

庸がルトフィーの頭を撫でながら言うと、ルトフィーも「よかったです！」と重ねて言う。

この笑顔が守られて、これからは穏やかに暮らすことができるのだ。

「それじゃ、俺もお役ごめんかな。――そろそろ日本に帰りたくなってきたし。ハーキムたちの陰謀が解決したんだから、もういいよね？」

辛いがこれで潮時だ。

このままここにいると、立ち去りがたくなってしまう。

いくらアズィーズやルトフィーが好きでも、これ以上いるわけにはいかない。はじめからそういう約束だったのだから。

するとアズィーズは怖い顔になる。

「え……なに怒ってるの」

彼はずい、と庸の目の前に立つと、「怒るさ」と庸を睨みつけた。

「私はおまえを手放すつもりはないんだからな。せっかく王位継承権が正式にルトフィーへ渡ったのだ。これからは私は好き勝手にさせてもらう。そう父上にも申し上げた」

だから、とアズィーズは片腕でルトフィーを抱き上げたまま、庸の頬に手を触れさせる。

「私と生涯一緒にいてくれないか」

真剣な眼差しが庸を貫く。

れないか」

「これをもう一度おまえに。今度は預かるなんて言わないでくれ。一生おまえのものにしてく
「アズィーズ……」

アズィーズがそう言って差し出したのは、以前庸に預けられた首飾りだった。

これでひどいことをされたこともあったけれど、今では彼のしたあの行為も許せてしまう。

「二度とこれを体には入れたくないけどね」

庸がチクリと言うと、アズィーズはバツが悪そうに苦笑いをする。

「でも、おまえも悦んでただろう?」

確かにそれは否定しないけれど、と庸がぼそぼそと呟くように口にすると「今度は、もっといいものを用意しよう」と彼はルトフィーに聞こえないようにふてぶてしいことを耳打ちする。

「もう……ま、いいけどね」

それを聞いて庸は降参とばかりに肩を竦めた。

「ルトフィーもおまえにまだまだたくさんのことを教わりたいと言っている。この子が大きくなるまでの教育を私は父上から任されている。だからその……私と一緒にこれからもこの子を育ててくれないか。――庸」

「庸……お願いします。ずっとここにいて。父上とぼくと一緒にいて、庸」

ルトフィーが庸へ手を伸ばす。

二人から懇願され、庸は泣き笑いの表情をつくった。

「いいの……？　本当にここにいて」

庸はルトフィーの手を取って、そしてアズィーズへ顔を振り向けて聞く。

「もちろんだ。愛していると言っただろう？　それに、おまえの好きなみかんとやらを皆で一緒に食べに行くと約束したからな。そうだろう？」

「うん、そう……そうだったね」

たった一度きり話題にしただけの約束を覚えていてくれたことに庸は感激し胸が熱くなる。

三人で一緒に行こう、ともう一度アズィーズに言われ、庸は頷いた。

「愛しているよ、庸」

真剣な告白をくれるアズィーズとそしてルトフィーの二人は庸の両頬へ片側ずつキスをする。

二人からキスを受けながら、庸は愛していると呟いて——そしてこぼれんばかりの笑みを浮かべた。

あとがき

こんにちは、淡路 水です。ダリア文庫さんでの本も三冊目、そしてこれまで出していただいた本も十冊を越えることになりました。十冊以上もの本を出せたことに、自分が一番感激しています。

それもこれも、これまで支えてくださった方々のおかげだと、しみじみ読者さんや編集さんに版元さん、そして友人や家族に感謝するばかりです。本当にありがとうございます。

さて、今回の本はアラブです。しかも、ちっちゃい子付き。

ダリアさんの本では、なんだかいつも設定を盛り盛りにしていますが、今回も盛りました。てんこ盛りです。

ただ、初稿を書いているうちに、プロットからどんどんとずれてしまっていって、脱線してしまいました。担当さんはプロットと大幅に違う初稿にOKをくださいましたが、きっと呆れたことと思います。改稿時に適切なアドバイスをくださって本当にありがとうございました。

そして今回珍しく受けちゃんが、ちょっとビッチな風味です。でも本質は純情ですけれども。そんなビッチな受けちゃんの膚は、遊びまくっていたツケが巡り巡ってとんでもない目にあいますが、収まるところに収まったので、これはこれで幸せなんじゃないかと思います。

ダリアさんの本ではわりと自分比でゴージャスな攻め様を書かせていただけて、いつも新たな扉を開かせていただいている気がします。

今回の攻め様、アズィーズさんはちょっと策士というか、飄々としてるっぽいところもありつつ抜かりなく物事を進めていくタイプの人で、書くのがとても楽しかったです。ちみっこのルトフィーは大きくなったら、どんな男性になるのかな、とそんなことも考えながら書き進めていました。大きくなったルトフィーの恋のお話もいつか書いてみたいです。

そうそう、わたしはキャラに女装させるのがすごく好きなのですけれど、今回もしれっと庸に女装させました。やはりアラブといえば女装ですよね……！

実はこの原稿を書き終えたあと、海外へ旅行に行っていたのですが、今回トランジットが中東カタールのドーハだったのです。当初の予定ではトランジットに十時間以上あったので、ドーハ観光ができるかなと思ったのですが、フライト時刻が変更になってそれは叶いませんでした。残念。とはいえ、乗り換え時、ボーディングブリッジではなくバスだったので、ほんの僅かな時間、ドーハの空気を感じることができました。めちゃくちゃ暑かったです。なにしろ飛行機を降りたとたんに、かけていたメガネのレンズが真っ白に曇ったくらいでしたから。

今度もしアラブを書くことがあったら、あのときの空気の匂いや暑さも書き加えられたらいいなと思います。

さて、今回もイラストは、北沢きょう先生にお引き受けいただくことになりました。北沢先生の繊細で華麗なイラストでわたしの初めてのアラブを彩ってくださることになって、本当にうれしいです！　今から本のできあがりが楽しみで仕方ありません。

なんだかんだと十冊、ここまで書いてこられました。

食事をするところにたとえると、フレンチやイタリアン、和食といったようなそれぞれ決まったジャンルのお店ではなく、いろんなジャンルのお店が集まっているフードコートのような作風のわたしの作品ですが、どれかひとつでも気に入っていただける作品がありましたらうれしく思います。

そして、またどこかでお目にかかれましたら幸いです。

淡路　水

色々な要素が盛り沢山な
お話で描くのがすごく楽しかったです!!
アズィーズの裸体を
描く指定がなかったのが
残念だったのでここに描いて
おきました(笑)
北沢
きょう

ダリア文庫

明神 翼
ill Tsubasa Myohjin
淡路 水
Sui Awaji
I'd like to express myself honestly. But it's not good for you. So I'd just like to say,
"I don't like you."
きみの手をたずさえて

過去のせいで恋愛に対して臆病になっている安藤千明は、入院先で出会った研修医の成川からの好意に気づかぬふりをしている。そんなとき、自分を利用するだけ利用して捨てた、元恋人の澤井が現れ都合の良い関係を続けようとする。それに気づいた成川は…。

✱大好評発売中✱

ダリア文庫

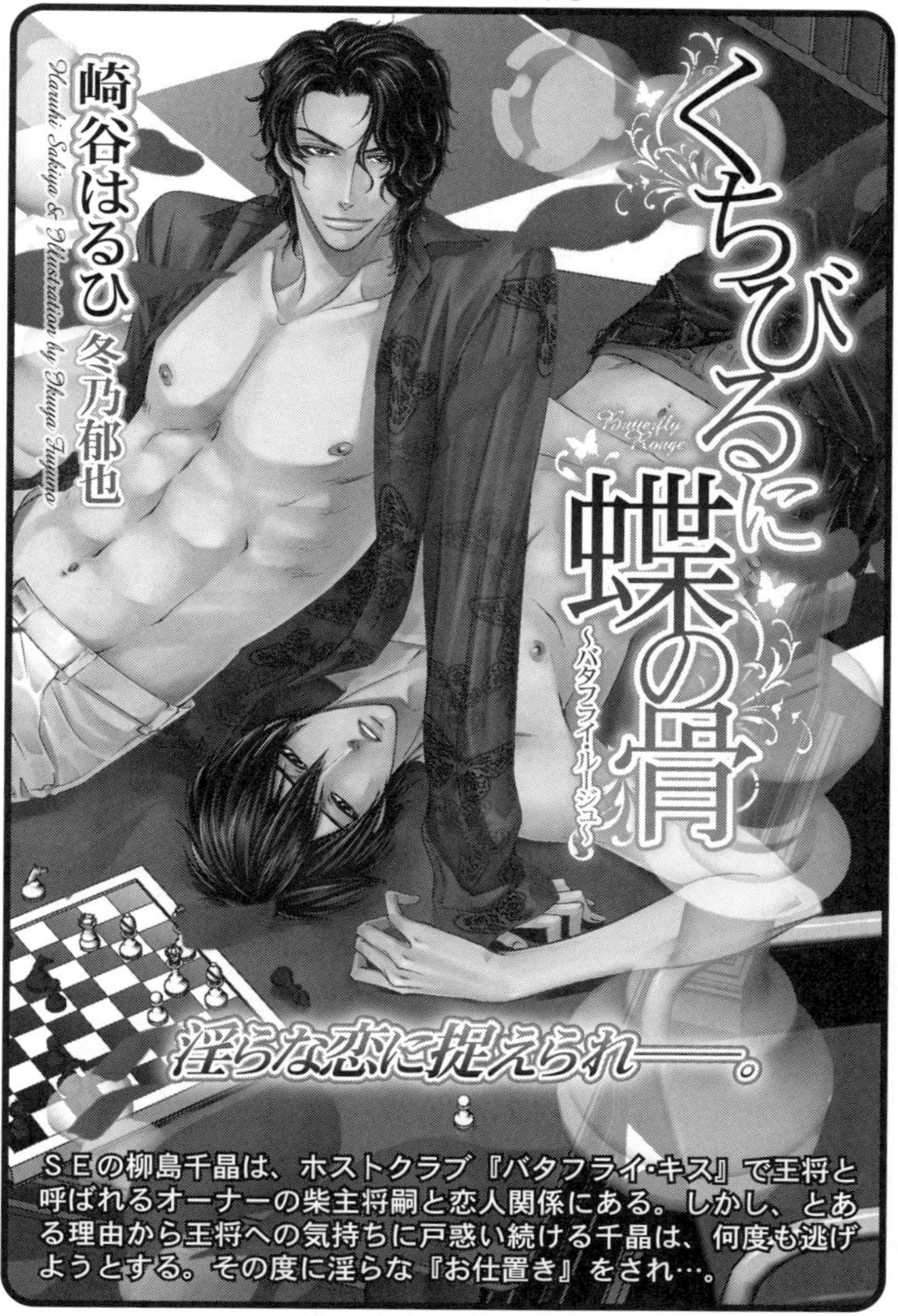

ＳＥの柳島千晶は、ホストクラブ『バタフライ・キス』で王将と呼ばれるオーナーの柴主将嗣と恋人関係にある。しかし、とある理由から王将への気持ちに戸惑い続ける千晶は、何度も逃げようとする。その度に淫らな『お仕置き』をされ…。

✽ 大好評発売中 ✽

初出一覧

熱砂の王子と偽りの花嫁 ………………………… 書き下ろし
あとがき ………………………………………………… 書き下ろし

ダリア文庫をお買い上げいただきましてありがとうございます。
この本を読んでのご意見・ご感想・ファンレターをお待ちしております。

〒170-0013 東京都豊島区東池袋3-22-17　東池袋セントラルプレイス5F
(株)フロンティアワークス　ダリア編集部
感想係、または「淡路 水先生」「北沢きょう先生」係

この本のアンケートはコチラ！

http://www.fwinc.jp/daria/enq/
※アクセスの際にはパケット通信料が発生致します。

熱砂の王子と偽りの花嫁

2017年9月20日　第一刷発行

著　者
淡路 水

発行者
辻 政英
発行所
株式会社フロンティアワークス
〒170-0013 東京都豊島区東池袋3-22-17
東池袋セントラルプレイス5F
営業　TEL 03-5957-1030
編集　TEL 03-5957-1044
http://www.fwinc.jp/daria/
印刷所
中央精版印刷株式会社